CHER PÈRE NOËL

De la même autrice, aux éditions Charleston :

Rendez-vous à Times Square pour Noël, 2023
Passer Noël en Alaska : mode d'emploi, 2022
La Surprise de Noël, 2020
Tous les jours de la vie, 2019

Série *Retour à Cedar Cove* :
La Maison d'hôtes, 2020
Un printemps à la Villa Rose, 2020
La Mélodie de l'été, 2017
Le Bon Côté de la vie, 2021
De si beaux lendemains, 2022

Titre original : *Dear Santa*

Roman publié initialement par Ballantine Books, une marque de The Random House Publishing Group, département de Random House Inc.
Traduit de l'anglais par Élisabeth Luc

76, boulevard Pasteur
75015 Paris – France
www.editionscharleston.fr

Maquette : Patrick Leleux PAO
ISBN : 978-2-38529-047-4

Debbie Macomber

CHER PÈRE NOËL

Roman

Traduit de l'anglais
par Élisabeth Luc

CHARLESTON

Pour Patt et Steve Boothe,
voisins merveilleux et amis très chers.

AVANT-PROPOS

Noël 2021

Chers amis,

L'une des questions que l'on pose le plus souvent à un auteur ou une autrice est : « Où trouvez-vous vos idées de roman ? » Je semble posséder le don de raconter les histoires, de sorte que je n'ai jamais été à court d'imagination. Je trouve mes idées un peu partout. La vie quotidienne fourmille de sources d'inspiration ! Celle-ci se niche dans les recoins les plus insolites : un article de presse, une conversation, un film ou, dans le cas de ce roman, une rencontre fortuite avec une enfant de onze ans.

Une cousine de mon mari m'a présenté sa petite-fille, qui rêvait de devenir autrice. Lorsque je lui ai demandé à quel moment de son existence lui était venue l'envie d'écrire des livres, elle a hésité un instant avant de me répondre : « Quand j'ai commencé à écrire des lettres au Père Noël. » Aussitôt, l'idée de ce roman a germé dans mon esprit.

J'espère que vous éprouverez du plaisir à découvrir l'histoire de Lindy et Billy. Elle se déroule à Wenatchee, dans l'État de Washington, une bourgade que l'on considère parfois comme la capitale mondiale de la pomme, un titre que lui conteste ma ville natale de Yakima. Ces deux villes sont entourées d'une abondance de vergers et, de plus en plus, de vignobles qui produisent d'excellents vins.

Naturellement, les réactions de mes lecteurs demeurent pour moi l'une des joies de l'écriture. N'hésitez pas à me contacter sur les réseaux sociaux ou encore m'écrire à l'adresse suivante : P. O. Box 1458, Port Orchard, WA 98366.

Joyeuses fêtes !

Debbie Macomber

1

Dès l'instant où elle s'engagea dans Apple Orchard Lane, à Wenatchee, dans l'État de Washington, Lindy Carmichael se sentit plus légère et poussa un long soupir. Enfin de retour à la maison ! Une bouffée de joie familière l'envahit comme pour lui souhaiter la bienvenue. Au cours des deux semaines à venir, elle célébrerait Noël et le Jour de l'An en famille. Ces congés tombaient à point nommé car elle avait grand besoin d'une pause après l'horrible année qu'elle venait d'endurer.

Trois ans plus tôt, après avoir travaillé pour plusieurs petites entreprises, Lindy avait décroché le poste de ses rêves au sein d'une société de marketing et de conception de sites Web. Avec son diplôme d'informatique et sa spécialisation en infographie, sans oublier son parcours professionnel, elle présentait le profil idéal pour travailler chez Media Blast. Forte de sa créativité, un atout majeur, elle ne doutait pas de s'intégrer rapidement à l'équipe. Hélas, si elle adorait son travail et les opportunités qu'il lui offrait, elle ne se sentait pas valorisée. Juste avant de partir en vacances pour les fêtes, Lindy avait soumis un projet de campagne au groupe Ferguson, l'un de leurs plus gros clients. C'était une occasion de faire ses preuves qu'elle attendait depuis longtemps. Si son projet était choisi, elle serait enfin reconnue. Lindy n'était pas femme à baisser les bras. Un jour, son père lui avait dit que, si elle allait au-delà de ce pour quoi elle était payée, son travail acharné finirait par porter ses fruits. Selon lui, ses efforts seraient récompensés. Fidèle à cette philosophie, Lindy se donnait à fond dans son travail.

Chassant ses préoccupations professionnelles de son esprit, la jeune femme s'engagea dans l'allée récemment déneigée de la maison où elle avait passé la majeure partie de son existence. Une guirlande lumineuse longeait le bord de la toiture et deux rennes clignotants montaient la garde au milieu de la pelouse recouverte de neige. Une grande couronne en aiguilles de sapin ornées d'ampoules bleues et argentées agrémentait la porte d'entrée. Un Noël en famille ! Voilà ce dont elle avait besoin pour oublier les épreuves qui l'accablaient depuis six mois.

Avant même que Lindy ne descende de voiture, la porte s'ouvrit. Ellen, sa mère, et Beau, le chien, se précipitèrent pour l'accueillir. Sa mère tendit les bras vers elle tandis que Beau lui faisait la fête en sautillant à ses pieds pour obtenir son attention. Sans permettre à Lindy de respirer un bol d'air frais et vivifiant, Ellen l'entraîna à l'intérieur et, enfin, l'étreignit. Surexcité, Beau se mit à aboyer en tournant autour d'elles.

— J'ai bien cru que tu n'arriverais jamais, avoua Ellen Carmichael en aidant la jeune femme à ôter son manteau. Les conditions météo n'étaient pas trop difficiles lors du trajet ? J'ai vu qu'il neigeait sur Snoqualmie. Tu as eu des problèmes ? J'étais inquiète car tu n'as pas de pneus neige… Je sais que tu n'en as pas besoin à Seattle, mais ici, en montagne, ils sont indispensables.

— Maman ! Laisse-moi le temps d'arriver ! s'exclama Lindy en riant.

Cet amour inconditionnel qui l'enveloppait soudain était ce dont elle avait le plus besoin. Dans la cuisine, il faisait bon. Sur le comptoir, elle aperçut des cookies tout juste sortis du four. Dans sa famille, on exprimait sa tendresse en préparant des gâteaux. Sa mère s'activait aux fourneaux depuis l'aube pour préparer sa traditionnelle réception de la veille de Noël entre amis de longue date. Chaque famille repartirait bien sûr les bras chargés de cookies maison.

— Tu as pris ton petit déjeuner ? s'enquit-elle en saisissant la cafetière.

— Non. J'ai pris la route aux aurores.

En hiver, il était parfois difficile de franchir le col de Snoqualmie. Parfois, il était même fermé à cause d'un risque d'avalanche. Lindy avait préféré anticiper un blocage.

— Assieds-toi, je vais te préparer un bon…

Lindy observa les cookies et coupa sa mère dans son élan :

— Un café et quelques-unes de ces petites merveilles seront parfaits pour me faire tenir jusqu'au déjeuner.

Sa mère sortit une tasse du placard et s'assit en face de la jeune femme. Au cours de ces derniers mois tumultueux, Lindy avait rêvé de cette quiétude, de la chaleur du foyer familial. Rien de tel pour lui changer les idées.

Son poste chez Media Blast n'était que la partie émergée de l'iceberg. Pour ne pas inquiéter sa mère, Lindy lui avait caché la majorité des épreuves qu'elle avait dû traverser depuis l'été précédent. De plus, elle n'avait aucune envie de se confier à peine arrivée chez ses parents. Mieux valait patienter quelques jours avant de vider son sac.

Dès la première bouchée de cookie, la jeune femme ferma les yeux et soupira d'aise.

— Je pourrais les dévorer tous…

— Pas question ! Je nous ai concocté un bon déjeuner.

Lindy remarqua enfin la cocotte qui mijotait sur le feu.

— Tu as préparé des *pasta e fagioli* ?

Ce potage roboratif mariant un bouillon de tomate, des haricots blancs et rouges et de petites pâtes était une spécialité familiale.

— Avec de petits pains au levain, précisa sa mère.

Cette tradition avait pour origine une recette ancestrale transmise par un arrière-grand-père ayant vécu en Alaska. Ce dernier prétendait la tenir d'un vieux mineur du Klondike dans les années 1890.

Pour les grandes occasions, sa mère confectionnait des petits pains en respectant une recette de sa grand-mère. Autrefois, le dimanche matin, Lindy aimait aussi regarder son père préparer de délicieux pancakes.

— Maman, tu me gâtes…

— J'y compte bien ! Cela fait bien trop longtemps que tu n'es pas rentrée à la maison.

— J'étais là pour la fête nationale, lui rappela Lindy.

Elle était en effet venue peu après avoir emménagé dans son propre appartement, juste avant d'apprendre la terrible vérité sur… Lindy fut à nouveau submergée par la peur de se laisser entraîner vers des pensées encore plus pénibles.

— Ta dernière visite remonte à des mois. Tu ne vis pas à des milliers de kilomètres d'ici. Seattle est à moins de trois heures de route !

— Je sais, je sais, mais j'ai déménagé, puis il y a eu cet important projet au boulot qui m'a pris presque tous mes week-ends. Le jeu en valait la chandelle puisque j'ai obtenu deux semaines de congé pour passer les fêtes avec toi, Papa, Chad, Ashley et Peter.

Son frère cadet avait épousé son amour de jeunesse et gérait une coopérative agricole de pommes. Au bout d'un an de mariage, Ashley et Chad avaient donné à leurs parents un superbe petit-fils. Lindy adorait Peter, son neveu de quatre ans. Ils communiquaient chaque semaine en visio et elle lui envoyait tant de cadeaux que Chad avait dû lui demander de ralentir le rythme. À présent, Ashley était enceinte d'une petite fille attendue pour la première semaine du mois de mars et qu'ils avaient décidé de prénommer Grace.

Lindy alla chercher sa valise dans la voiture. Sa chambre d'adolescente n'avait pas changé depuis son départ pour l'université. Elle s'assit sur le lit pour balayer la pièce du regard. Cette période d'insouciance lui semblait bien loin…

Elle observa son poster des Jonas Brothers, sa tenue de pom-pom girl, la robe qu'elle portait pour le bal du lycée… Oui, elle était de retour au bercail. Ce cadre familier l'enveloppa comme une couverture réconfortante et un sentiment de paix l'envahit.

— On passe bientôt à table ! lança sa mère depuis la cuisine.

— J'arrive !

Lindy prit le temps de ranger les quelques cadeaux qu'elle avait apportés et admira le sapin de Noël, au salon, devant la porte-fenêtre donnant sur la rue. Enfin, elle rejoignit Ellen. Deux bols de potage fumant étaient posés sur la table, ainsi que des petits pains et du beurre.

— J'en ai rêvé ! avoua la jeune femme en dégustant une première cuillerée. Quand je la prépare moi-même, elle n'est jamais aussi bonne, hélas. Je respecte pourtant la recette à la lettre.

— C'est parce que j'y mets beaucoup d'amour…

Si Lindy demeurait sceptique quant à l'importance gustative de cet ingrédient, elle ne voyait pas d'autre explication. Sa mère attendit qu'elle ait terminé son repas pour poser sur elle un regard grave.

— Je t'écoute, dit-elle.

— Quoi ?

— J'attends que tu m'expliques ce qui te tracasse. Et n'essaie pas de prétendre que tout va bien ! Tu as intérêt à parler, sinon…

— Maman ! Je t'assure que tout va bien.

Ellen pointa vers elle un index accusateur.

— Lindy, je suis ta mère. Nul ne te connaît mieux que moi. Cela fait un moment que je te sens malheureuse. Parle !

La jeune femme redoutait de ne plus pouvoir s'arrêter si elle commençait.

— Ce n'est pas simplement ton travail, n'est-ce pas ?

Sa mère la connaissait bien, en effet.

— Non, confirma-t-elle. Ma rupture avec Brian a été… compliquée.

Elle avait avoué à ses parents qu'ils avaient rompu sans entrer dans les détails car elle en était incapable. C'était trop douloureux, à l'époque. Elle allait un peu mieux à présent.

— Tu ne t'es pas étendue sur les raisons de cette séparation.

Et pour cause. La jeune femme avait préféré garder pour elle l'essentiel de ce qu'il s'était passé.

— Cela a un rapport avec ton nouvel appartement ?

Ses parents avaient le don de lire entre les lignes. Lindy se contenta d'un hochement de tête. Il y avait tant de choses à dire !

— En juillet, tu m'as confié que ta relation avec Brian avait changé et, peu après, vous êtes partis chacun de votre côté.

En regagnant Seattle, Lindy avait découvert la vérité dévastatrice sur Brian et Celeste.

— Tu l'aimais, n'est-ce pas ?

— Oui...

Lindy était très amoureuse de Brian. Dès le début de leur relation, elle s'était imaginée mariée avec lui. Elle espérait même fonder une famille dès qu'ils auraient atteint leurs objectifs professionnels et lancé leurs carrières respectives. Hélas, au fil du temps, elle avait compris que Brian n'était pas prêt pour un engagement aussi sérieux que le mariage. Elle non plus, d'ailleurs.

— Tu regrettes que vous ayez rompu ?

— Pas du tout ! répondit-elle avec emphase.

Étonnée, sa mère arqua les sourcils.

— Ta réaction suggère que je suis loin de tout savoir sur cette histoire.

Lindy soupira. Elle ne souhaitait pas se lancer aussi vite dans de plus amples explications, mais sa mère ne lui laissait pas le choix. Autant en finir et révéler ce que Brian et Celeste, sa meilleure amie à l'époque, lui avaient fait.

Ellen lui accorda le temps de se ressaisir.

— Le bail de l'appartement que je partageais avec Celeste touchait à sa fin, déclara-t-elle au terme d'un silence pesant. Nous avons alors décidé que le moment était venu pour nous de partir chacune de notre côté.

Le cœur serré, Lindy relata les événements de l'été :

— Celeste travaillait chez Edmonds, ce qui lui imposait presque une heure de trajet dans la circulation difficile de Seattle. Il était logique qu'elle cherche un appartement plus proche de son bureau. Les loyers sont chers, en ville. Pour ma part, j'ai trouvé facilement.

Une amie qui déménageait lui avait parlé d'un logement dans une résidence plus ancienne et elle avait saisi l'occasion.

— Celeste n'a pas eu autant de chance que moi. Nous avons mis des semaines à lui dénicher un studio. Il y en avait un qui lui plaisait mais dont le loyer était trop élevé pour elle. Elle a tenté sa chance quand même. Je me suis dit qu'elle était plus douée pour gérer un budget que je ne le pensais.

Ellen l'écoutait en silence.

— Nous avons fait nos cartons en nous promettant de rester en contact.

Elles étaient amies depuis leur première année d'université et avaient toujours vécu en colocation. Avec le recul, Lindy s'en voulait de ne pas avoir eu de soupçons.

— Celeste a signé un bail pour un logement trop cher pour elle ? s'enquit Ellen, perplexe.

Lindy se contenta d'un hochement de tête, sans oser la regarder.

— Comment s'en sortait-elle financièrement ?

— Elle était en coloc.

— Dans un studio ?

— Elle avait rencontré un garçon, expliqua Lindy en levant enfin les yeux vers elle.

— J'ignorais que Celeste avait un petit ami sérieux.

— Moi aussi.

C'était bien le nœud du problème. Lindy n'avait pas remarqué qu'il y avait quelque chose entre sa meilleure amie et Brian.

— Qu'est-ce que tu me caches ? insista sa mère.

— Elle vit avec Brian. Ils cherchaient un logement dans mon dos depuis des semaines. Et moi, je n'ai rien vu ! Je leur faisais confiance.

— Non ! souffla Ellen. Brian s'est installé avec Celeste ?

Lindy l'avait découvert plusieurs mois plus tôt mais la douleur était toujours aussi vive.

— Quelle ordure !

— Et ce n'est pas le pire. Quand Celeste et moi avons décidé de partir chacune de notre côté, Brian m'avait proposé de vivre avec lui. J'avais refusé car je n'étais pas prête à m'engager. Peu de temps après, il a annulé plusieurs rendez-vous d'affilée. J'y ai vu un comportement passif-agressif, une façon de se venger de mon refus de m'installer avec lui.

— Ce garçon est vraiment un abruti, Lindy.

Ce commentaire n'était rien en comparaison de ce que la jeune femme pensait de son ex.

— Peu après mon déménagement, je suis passée chez Celeste pour l'aider à déballer ses cartons. Je n'avais pas eu de nouvelles et je savais qu'elle travaillait beaucoup. Je voulais lui donner un coup de main. Elle n'avait pas répondu à mes textos et j'étais inquiète. Imagine ma surprise quand, à mon arrivée, c'est Brian qui m'a ouvert la porte.

— Oh, ma pauvre chérie…

Lindy se sentait doublement trahie. Il était déjà assez cruel que Brian l'ait trompée avec Celeste, mais l'attitude de sa meilleure amie lui faisait encore plus mal. La jeune femme avait déjà connu des peines de cœur. Au lycée, Johnny Bemis l'avait larguée sans ménagement. Grâce au soutien de ses copines, elle avait vite remonté la pente.

Cette fois, c'était différent. Perdre coup sur coup sa meilleure amie, sa confidente, la seule personne à Seattle qui la soutienne, et son petit ami… c'était la double peine. En vérité, la compagnie de Celeste lui manquait bien plus que celle de Brian. Lindy ne parvenait toujours pas à croire à sa duplicité.

— C'est dur, admit-elle. Je suis vraiment une catastrophe sentimentale, maman.

Énoncer ce constat à voix haute ne le rendait que plus réel.

— Ne dis pas de bêtises...

— Je n'exagère pas ! Mardelle et Nate sont fiancés et ils ont déjà adopté un chien. Elle m'a demandé d'être demoiselle d'honneur à son mariage prévu cet été. Et Mardelle n'est pas la seule de mes copines d'université à être en couple.

— Je comprends que Celeste et Brian t'ont meurtrie.

— Ce n'est rien de le dire !

Lindy n'aimait pas s'épancher de la sorte. Elle voulait tourner la page et profiter de ces vacances en famille. Moins elle penserait à Brian et Celeste, mieux elle se sentirait.

— Je suis désolée que tu aies traversé cette épreuve, déclara sa mère dont l'empathie bienveillante était salutaire.

— C'est gentil, Maman. Si ma raison accepte la situation, mon cœur a plus de mal.

— C'est compréhensible.

— Je suis fautive. Hier soir, j'ai commis l'erreur de consulter la page Facebook de Celeste. Pendant que je passais mes week-ends seule à travailler d'arrache-pied, ils faisaient du ski à White Pass ou assistaient à des matchs des Seahawks. Exactement ce que Brian et moi faisions l'hiver dernier. Je suis trop nulle !

— Pas du tout, Lindy !

— J'ai perdu mon amoureux et ma meilleure amie. Le pire, c'est Celeste. J'ai pas mal d'amies, mais nous étions très proches. On partageait tout. Je ne m'attendais pas à partager aussi mon petit ami, voilà tout.

— Ces deux-là se méritent, commenta Ellen.

Lindy s'attendait à ce soutien indéfectible de sa mère.

— En tout cas, Brian n'est pas celui que je croyais, continua-t-elle. Tu souffres, à présent... je me rappelle...

Elle se tut.

— Quoi ?

Les yeux de sa mère s'assombrirent.

— Je me rappelle ce que j'ai ressenti le jour où ton père biologique m'a quittée... J'avais l'impression que tout mon univers s'écroulait. Quand il a appris que j'étais enceinte de toi, il a pris ses jambes à son cou.

— Oh, Maman...

Lindy s'en tirait à bon compte, en comparaison. Ellen se leva et fit signe à sa fille de rester assise.

— Je voudrais te montrer quelque chose.

— Quoi ?

— Quelque chose qui te fera du bien.

Si la promesse était tentante, la jeune femme doutait que quoi que ce soit l'aide à se sentir mieux.

Sa mère réapparut quelques minutes plus tard et, un sourire aux lèvres, lui tendit une boîte à chaussures.

— Qu'est-ce que c'est ? s'enquit Lindy, perplexe.

— En faisant un peu de rangement dans le garage, j'ai trouvé ceci, expliqua Ellen avec enthousiasme. Je les ai mises de côté pour toi. Ce sont tes lettres au Père Noël !

— Elles m'amuseront sans doute, c'est vrai, mais de là à réparer mon cœur brisé...

— Tu risques d'avoir une surprise, insista Ellen. Allez, ouvre la boîte et lis la première.

En quoi une lettre écrite à l'époque où elle croyait au Père Noël pouvait-elle exercer la moindre influence sur sa vie actuelle ?

— Fais-moi confiance, murmura sa mère. Lis celle du dessus. Elle date de tes cinq ans.

— C'est un peu stupide, maugréa la jeune femme, néanmoins curieuse.

— Je n'en serais pas si sûre, à ta place, conclut Ellen, le regard pétillant.

2

LINDY PEINAIT À CROIRE que des lettres d'enfance puissent améliorer son humeur du moment et lui faire oublier ses déboires amoureux. Elle prit tout de même la première de la pile.

L'enveloppe contenait une feuille simple qu'elle posa sur la table pour déchiffrer l'écriture maladroite :

Cher Papa Noël,
Je voudrais que tu m'apportes un papa.
Lindy

— Je n'avais pas commandé de jouets ? s'étonna-t-elle avec un sourire attendri. Il me semble que je rêvais d'un vélo, à l'époque.

— C'était plus tard. Cette année-là, tu ne voulais qu'un seul cadeau : un papa.

— C'est bizarre, j'avais complètement oublié.

— Chérie, tu n'avais que cinq ans. Tu étais à la maternelle et tu venais de prendre conscience que tes camarades avaient un papa et pas toi.

Lindy ne gardait qu'un souvenir flou de ce Noël. En revanche, elle se rappelait clairement son vélo… À la réflexion, sa mère avait raison. Elle voulait un père et rien d'autre.

— Je me souviens de ma réaction, lui raconta Ellen. Il m'était impossible de t'offrir un père, hélas, et j'en avais le cœur gros. L'homme que j'avais tant aimé m'avait quittée. Je n'avais pas de nouvelles de lui depuis le jour où je lui avais révélé ma grossesse. Grâce à quelques amis, je savais néanmoins qu'il s'était marié peu après ta naissance.

— Nous étions mieux sans lui, assura Lindy en toute sincérité.

Si son géniteur était resté, elle n'aurait pas grandi auprès d'un père aimant. Cependant, elle comprenait la souffrance de sa mère à la suite de ce rejet. Au fil des années, Lindy ne s'était guère interrogée sur cet homme. Grâce à l'amour de son père adoptif, elle n'avait jamais ressenti le besoin d'en savoir plus sur son géniteur.

— Nous nous en sommes sorties à merveille, admit Ellen. Un père était le seul cadeau que j'étais incapable de t'offrir alors, ce qui m'attristait beaucoup.

— Maman… ne te fais pas de reproches.

— Il faut que tu comprennes que ce Noël-là ne fut pas particulièrement joyeux. Mes parents passaient les fêtes chez mon frère, au Kansas. Nous n'étions que toutes les deux et je voulais absolument te faire plaisir pour compenser l'absence de tes grands-parents.

Lindy connaissait l'attachement de sa mère aux fêtes de fin d'année. Comme elle avait dû souffrir de cette solitude ! Et pour couronner le tout, sa fille demandait la seule chose qu'elle ne pouvait lui procurer.

Ellen s'adossa plus confortablement et se laissa envahir par les souvenirs de ce Noël fatidique. Pour la première fois de sa vie, elle ne fêtait pas Noël en famille. Elle faisait de son mieux pour rendre sa petite fille heureuse. Hélas, avec ses maigres revenus, elle peinait à joindre les deux bouts.

Le soir du réveillon, elle avait emballé les quelques cadeaux qu'elle avait réussi à acheter, le cœur gros à la pensée que sa fille ne souhaitait rien d'autre qu'un papa.

Échaudée par la fuite de Robbie, la jeune femme n'accordait plus aussi facilement sa confiance. Le jeune homme avait su lui parler, la séduire, la couvrir de compliments. Dès qu'il avait obtenu d'elle ce qu'il voulait, il avait changé d'attitude. Il l'appelait moins souvent et, quand il venait la voir, il n'avait qu'une chose en tête. Tous les signaux d'alerte étaient là. Aveuglée par ses sentiments, Ellen avait cru à ses vaines promesses. La réalité l'avait frappée de plein fouet lorsqu'elle avait révélé sa grossesse à son petit ami.

Heureusement, ses parents l'avaient soutenue tout au long du chemin. Après la naissance de Lindy, ils l'avaient installée dans un petit appartement. Non seulement Robbie l'avait abandonnée, mais il ne voulait rien savoir de sa fille. Face à cette indifférence, Ellen avait décidé, la mort dans l'âme, de le chasser définitivement de sa vie. Robbie ne s'était pas fait prier pour renoncer à ses droits parentaux afin de ne pas avoir à verser de pension alimentaire. En conséquence, la jeune mère célibataire ne roulait pas sur l'or.

Malgré tout, Lindy vivrait un Noël plein d'amour, égayé par les jouets achetés par ses grands-parents.

Le matin du grand jour, la fillette s'était levée aux aurores pour se précipiter vers le sapin.

— Je peux ouvrir mes cadeaux ?

Ellen s'était préparé une tasse de thé avant de regarder sa fille déchirer les emballages avec enthousiasme.

— Regarde, Maman ! Une dînette et un four !

— Génial. Et si on préparait un gâteau ?

Lindy s'était déjà tournée vers un autre paquet. En découvrant son contenu, elle n'avait pu réprimer un soupir de déception :

— Des culottes…

— Oui, mais elles sont jolies, tu ne trouves pas ?

— Personne ne les verra, de toute façon.

— Tu as raison, avait admis Ellen, amusée par son pragmatisme. Il ne faut montrer sa culotte à personne, même si elle est jolie.

Après avoir ouvert les derniers paquets, la fillette s'était levée pour poser sur sa mère un regard plein d'espoir.

— Que se passe-t-il, ma chérie ? Tu n'aimes pas tes cadeaux ?

— Si. J'adore la dînette, le puzzle et le nouveau jeu. Dommage que le Père Noël ne m'ait pas donné ce que j'avais commandé…

— Je sais, mon ange, et j'en suis désolée, moi aussi. Et si on faisait une partie de ce nouveau jeu ?

Lindy avait accepté avec plaisir et elles avaient joué un certain temps avant de prendre un copieux petit déjeuner. Ensuite, elles avaient regardé un film de Noël et appelé les parents d'Ellen et son frère, à Kansas City. Joe avait demandé à Ellen si ses cadeaux étaient bien arrivés. Il s'en était voulu de les avoir postés trop tard car ils étaient toujours en route.

À l'issue de cette conversation familiale, Lindy avait aidé sa mère à préparer un gâteau. Pour le déjeuner, la dinde traditionnelle avait fait place à un poulet rôti dont les délicieux effluves envahissaient déjà l'appartement.

— J'adore le poulet ! s'était exclamée Lindy en surveillant le minuteur.

— Avec des pommes de terre et de la sauce !

— Et des petits pois, ajouta l'enfant.

Tandis qu'elles écossaient les légumes, quelqu'un avait sonné à la porte.

— Maman ! C'est peut-être le Père Noël !

Sans attendre, l'enfant s'était précipitée pour ouvrir.

— C'est le Père Noël qui vous envoie ? avait-elle demandé, les yeux écarquillés.

— Je crois bien que oui, avait répondu l'homme.

Ellen avait à son tour émergé de la cuisine.

— Tu vois, Maman, il a reçu ma lettre, finalement !

Rouge de honte, la jeune femme n'avait pas osé regarder le visiteur qui se tenait sur le seuil.

— Ellen ?

— Phillip ? Qu'est-ce que tu fais là ? avait-elle bredouillé, abasourdie.

Elle ne voulait pas sembler impolie envers Phillip, qu'elle avait connu au lycée et perdu de vue depuis l'obtention de leur diplôme.

— Je travaille chez UPS.

Elle aurait dû s'en rendre compte car il portait l'uniforme marron des livreurs de colis.

— Tu travailles le jour de Noël ?

— Tous les autres livreurs sont mariés et pères de famille. Moi, je suis célibataire, alors je me suis porté volontaire en me disant qu'il y avait une petite fille qui attendait.

Sur ces mots, il avait tendu un paquet à Lindy.

— Je crois que ce colis est adressé à ta Maman et à toi.

L'enfant s'en était emparé.

— J'avoue que j'ai reconnu ton nom et que j'ai gardé cette livraison pour la fin, avait-il dit à Ellen.

— Entre donc ! Il fait plus chaud à l'intérieur, lui avait-elle proposé, puisque sa tournée était terminée.

De plus, elle se rappelait qu'il était timide, à l'époque du lycée.

— Vous n'êtes que toutes les deux ?

— Oui. Mes parents sont chez mon frère, à Kansas City.

Assise par terre, Lindy avait ouvert le paquet, qui provenait de sa marraine. Il contenait une poupée pour elle et un autre cadeau destiné à Ellen.

— Tu dois être impatient de rejoindre ta famille, avait hasardé la jeune femme.

— Non. Mes parents sont chez mes grands-parents à Yakima.

Autrement dit, il était seul pour Noël, lui aussi.

— Écoute, tu pourrais déjeuner avec nous… Rien de très somptueux, bien sûr. Et si tu veux bien, naturellement. Je ne te mets pas la pression.

— J'accepte avec grand plaisir, avait-il répondu en plongeant dans son regard.

Ellen secoua la tête comme pour chasser ces souvenirs et observa Lindy, qui avait toujours les yeux rivés sur cette lettre d'autrefois.

— Oui, c'était ton Papa, ce papa que tu avais commandé au Père Noël.

— Je ne me rappelle pas lui avoir écrit, souffla la jeune femme en effleurant l'écriture maladroite. En revanche, je revois l'époque où tu sortais avec Papa et combien il était patient et gentil avec moi.

— Je t'avais dit que ton Papa était le plus beau cadeau que tu aies reçu.

— De là à affirmer que sa venue, ce jour-là, avait un rapport avec ma lettre au Père Noël… la coïncidence est incroyable, non ?

— Tu ne dirais pas cela si tu lisais les autres lettres.

— J'en ai l'intention mais, pour l'heure, j'ai envie d'en savoir plus sur le Noël de mes cinq ans.

Et quels souvenirs...

Phil alla garer le camion au dépôt avant de revenir déjeuner avec elles.

Lindy courut vers lui pour l'accueillir, puis elle le prit par la main et l'entraîna dans la salle à manger. Ellen avait dressé la table et s'était maquillée légèrement. Elle n'avait pas oublié les œillades timides qu'il lui adressait au lycée. Phil ne l'avait jamais invitée à sortir avec lui. Cependant, s'il en avait eu le courage, elle aurait accepté avec plaisir.

— Maman fait très bien la cuisine, déclara Lindy. Presque aussi bien que ma mamy.

La fillette s'assit à côté de lui sur le canapé.

— J'ai cinq ans et je sais déjà lire.

— Tu dois être très intelligente...

— Tu veux que je te lise une histoire ?

— Volontiers.

— Lindy, nous verrons cela après le repas, intervint Ellen, un peu anxieuse.

Déçue, l'enfant obéit néanmoins.

— D'accord... Tu sais, j'ai reçu des culottes pour Noël. Maman dit qu'il ne faut montrer sa culotte à personne.

— Ta maman est très avisée.

Ellen songea que si elle était à ce point avisée, elle ne se serait pas retrouvée mère célibataire.

— Elle est jolie, aussi, renchérit Lindy.

— C'est vrai. Elle l'a toujours été.

Lindy se mit à babiller pendant plusieurs minutes, bien décidée à lui raconter sa vie entière. Phil déploya des trésors de patience et d'attention.

Ce jour de Noël ne fut que le début, car Phillip ne tarda pas à entrer dans leur vie. Ellen ne mentait pas en affirmant que Lindy avait reçu ce jour-là son plus beau cadeau.

— Et plus tard, Papa m'a adoptée.

— Oui, et nous nous sommes mariés l'été suivant. Quelques mois plus tard, il était devenu officiellement ton père.

— Je comprends pourquoi tu as gardé cette lettre !

— Ouvre donc la suivante, répondit Ellen.

3

LINDY PRIT UNE AUTRE ENVELOPPE dans la boîte à chaussures. Elle en sortit une feuille de papier qu'elle déplia sur la table.

Cher Papa Noël,

Merci de m'avoir offert un papa. Maintenant, Maman a un bébé dans son ventre et je voudrais une petite sœur. Et des patins à roulettes.

Lindy

— J'ai reçu mes patins à roulettes mais pas ma petite sœur, puisque nous avons eu Chad.

— Nous n'étions pas déçus, lui rappela sa mère.

— En effet. J'étais persuadée que le Père Noël savait ce qu'il faisait. Papa m'a emmenée à l'hôpital pour faire sa connaissance. J'ai dû me hisser sur la pointe des pieds pour l'apercevoir. Cela m'a suffi pour comprendre que, au plus profond de moi-même, je voulais un petit frère.

Dès l'instant où Chad était rentré à la maison, Lindy l'avait choyé. Elle ne supportait pas de l'entendre pleurer et faisait son possible pour le distraire. Malgré les six ans qui les séparaient, Lindy et Chad avaient tissé des liens étroits et ils étaient restés très proches.

— J'ai hâte de le voir jeudi prochain, déclara la jeune femme.

Chad et sa petite famille venaient dîner tous les jeudis soir, le jour de congé de son frère, à l'entrepôt.

— Ashley ne travaille qu'à mi-temps. Tu devrais l'appeler, histoire de bavarder un peu.

— J'en ai l'intention.

Lindy était surtout impatiente de voir Peter, son neveu. Depuis le jour où elle l'avait pris dans ses bras pour la première fois et que leurs regards s'étaient croisés, elle était sous le charme.

Chad et Ashley s'étaient mariés très jeunes. Son frère avait su sans l'ombre d'un doute qu'il avait trouvé la femme de sa vie. Encore adolescente, Ashley partageait cette certitude. Si Lindy ne les avait pas aimés de tout son cœur, elle aurait été jalouse de ce couple idéal.

De plus en plus intriguée par ces lettres, elle en sortit une autre de la boîte et la posa à côté des deux premières. L'écriture était plus assurée.

— Elle date de mes sept ans, constata-t-elle avant de la lire à voix haute.

Cher Père Noël,

Je suis contente d'avoir eu un frère au lieu d'une sœur. Chad est mignon quand il ne pleure pas. J'aime beaucoup mes patins à roulettes, aussi. Je sors en faire chaque jour quand il ne pleut pas. Cette année, je voudrais bien des feutres et une poupée Barbie. Et je voudrais que tu n'offres aucun cadeau à

Billy Kincade. Il est méchant. À la récréation, il me court après pour me tirer les cheveux.
Lindy

La jeune femme leva les yeux vers sa mère.

— Cette année-là, j'ai reçu ce que j'avais commandé.

— C'est vrai. Et tu coloriais pendant des heures. Tu avais les doigts pleins de taches.

— Je me rappelle que Chad avait empoigné un de mes dessins pour le porter à sa bouche.

Dans sa tête, les souvenirs défilaient telles des scènes d'un film muet. Elle revoyait clairement Billy Kincade. Elle le détestait ! Il avait un an ou deux de plus qu'elle et ne cessait de la tourmenter. Un jour, il lui avait même chipé un cahier et la pourchassait à la moindre occasion. C'était assurément le plus vilain garnement de l'école.

En revanche, elle avait oublié avoir parlé de lui au Père Noël. Cette lettre faisait remonter bien des souvenirs à la surface.

— Qu'est devenu Billy ? s'enquit sa mère.

Lindy n'en avait pas la moindre idée.

— Je n'ai aucun souvenir de lui au-delà de mes sept ans. Sans doute a-t-il changé d'école.

Bon débarras ! Elle n'avait pas repensé à lui depuis l'école primaire.

— Tu te plaignais souvent de lui, à l'époque. J'ai fini par aller voir le directeur pour avoir le fin mot de l'histoire.

— Ah bon ?

Voilà qui expliquait peut-être un éventuel changement d'établissement… Peu lui importait. Lindy avait été soulagée de ne plus subir ses brimades.

— Ton père m'a accompagnée et a dit deux mots en particulier à Billy. Ensuite, il m'a raconté que ce garçon avait en réalité le béguin pour toi et qu'il ne cherchait qu'à attirer ton attention.

— Si tel était le cas, il avait une drôle de façon de le montrer.

— Les garçons sont parfois difficiles à comprendre. Il devait avoir des problèmes à la maison. Sans doute était-il attiré par toi sans savoir comment te le montrer.

— Décidément, je n'ai pas de chance avec les garçons qui ont le béguin pour moi, commenta-t-elle en songeant à Brian.

Les choses n'avaient guère changé, malgré le temps écoulé.

Il restait une dernière lettre, qu'elle avait écrite à l'âge de huit ans.

Cher Père Noël,

Ma copine Peggy a un vélo décoré de pompons, avec un panier fleuri à l'avant. Je peux avoir le même ?

Merci,

Lindy

Elle écrivait bien mieux, songea-t-elle en posant la lettre, un sourire aux lèvres.

— Qu'est-ce qui t'amuse ? interrogea sa mère.

— À huit ans, je ne croyais plus au Père Noël. Je lui écrivais afin que Papa et toi sachiez ce que je voulais.

— Et tu as reçu ce dont tu rêvais, non ?

— C'est vrai. Je l'adorais, ce vélo ! Peggy et moi faisions de longues promenades dans le quartier avec nos vélos jumeaux.

— Dis-moi, tu ne remarques rien ? s'enquit Ellen, en l'observant avec attention.

Elle posa ensuite les yeux sur les lettres. La jeune femme suivit son regard.

— Eh bien… à part le fait que mes vœux ont été exaucés, je ne remarque rien de particulier, non.

Ce n'étaient guère que des lettres enfantines sans grand intérêt.

— Regarde bien, insista sa mère.

— Qu'est-ce que je suis censée chercher ?

— Tu ne vois pas, n'est-ce pas ?

Manifestement pas.

— En lisant tes lettres, reprit Ellen, j'ai constaté que le Père Noël t'avait apporté presque tout ce que tu souhaitais. Pas toujours comme tu le voulais, ce qui valait sans doute mieux.

— Et alors ? répliqua Lindy, les sourcils froncés, Papa et toi m'achetiez les cadeaux que je voulais. C'est très simple.

— En effet, mais tu voulais un papa et le Père Noël t'a envoyé Phil, sur le pas de notre porte, le matin de Noël.

— C'est vrai, admit-elle.

Elle avait obtenu un papa, un frère. Billy Kincade avait disparu de sa vie après sa lettre, sans oublier ce vélo orné de pompons roses sur le guidon. Certes, il lui manquait une sœur, ce qu'elle pardonnait volontiers au Père Noël. Elle avait au moins une amie de son âge en la personne de Peggy.

— Tu sais ce que je pense ? insista sa mère.

— Non, mais tu ne vas pas tarder à me le dire.

— Tu devrais écrire une nouvelle lettre au Père Noël.

— Quoi ? Allons, Maman, je suis un peu trop grande pour ces enfantillages.

— Ce dont tu as besoin, c'est de *croire*, répliqua Ellen.

Cette réponse incita la jeune femme à réfléchir. Cela faisait si longtemps qu'elle se sentait au creux de la vague, sur le plan psychologique, qu'elle peinait à voir le bon côté de sa situation. Si la lecture de ces lettres l'avait amusée, voire attendrie, elle lui avait aussi rappelé qu'autrefois, elle avait cru en quelque chose de toute son âme. Elle attendait chaque matin de Noël avec impatience, convaincue que ses rêves allaient se réaliser.

— Après ce que tu as enduré avec Brian et Celeste, sans oublier Media Blast, écrire au Père Noël ne serait pas une mauvaise idée. Tu dois exprimer tes souhaits pour cette année, et avec la même sincérité qu'avant.

Lindy trouvait néanmoins l'idée ridicule.

— Alors ? insista sa mère.

— Je vais y réfléchir, promit-elle pour ne pas lui faire de peine.

Elle avait du mal à retrouver la magie de Noël. De plus, si quelqu'un de son entourage apprenait qu'elle avait joué ce jeu un peu puéril, elle aurait honte.

Plus tard dans la journée, Lindy aida Ellen à préparer le repas. En pelant des pommes de terre, elle se surprit à songer à ces lettres au Père Noël. Sa mère avait au moins raison sur un point : elle avait besoin de croire que rien ne se produisait sans raison.

Heureusement, elle avait vu le vrai visage de Brian avant que leur couple n'aille plus loin. Celeste aurait dû se montrer honnête, malgré la délicatesse de la situation. Lindy aurait souffert, mais le choc aurait été moins brutal que cette découverte fortuite.

Depuis combien de temps cette liaison cachée durait-elle ? Des semaines, sans doute. Bien avant son déménagement, Lindy avait remarqué quelques changements chez Brian, qui l'appelait moins souvent et se montrait distant. Elle avait attribué cette distraction à plusieurs facteurs. Elle devait l'admettre, avec ses propres difficultés au travail, elle avait l'esprit préoccupé.

De son côté, Celeste était aussi joviale que de coutume, sans rien trahir de son double jeu. Lindy s'étonnait de sa propre naïveté, de sa confiance aveugle. Confrontée à ses responsabilités, Celeste n'avait rien trouvé à dire. Lindy non plus, au départ. Au bout de quelques minutes d'un silence pesant, Celeste avait bredouillé des excuses. Lindy était partie pour ne pas en entendre davantage. Depuis, elles ne s'étaient plus parlé.

Perdre sa meilleure amie était un traumatisme majeur. Lindy la considérait comme une sœur. Elles étaient complices depuis si longtemps que son absence laissait un grand vide. Cependant, une véritable amie ne l'aurait pas trahie de la sorte.

Si Lindy devait écrire au Père Noël, ce dont elle n'avait aucune intention, elle commanderait une nouvelle meilleure amie. Elle demanderait également un petit ami, un homme intègre et responsable. Elle n'avait pas besoin d'un grand brun ténébreux. Le physique comptait bien moins que le cœur. Quelqu'un parviendrait-il à exaucer ce vœu ?

4

LA PORTE DONNANT DANS LE GARAGE S'OUVRIT.

— Ma fille est arrivée ? lança Phil.

Il embrassa Ellen avant de prendre Lindy dans ses bras.

— Tu m'as manqué, avoua-t-il avec tendresse.

— Tu rentres de bonne heure, commenta Ellen en ajoutant des noix concassées dans la salade qu'elle était en train de préparer.

En tant que responsable du centre UPS local, Phil ne rentrait jamais avant six ou sept heures à cette période de l'année.

— J'ai quitté mon poste un peu plus tôt pour profiter de ma petite fille.

— Je suis grande, maintenant, tu sais.

— Tu seras toujours ma puce, insista-t-il.

La douceur du foyer réconforta la jeune femme. Son père prit un cookie et alla examiner le courrier posé sur le comptoir.

— Ellen, tu as montré les lettres à Lindy ? s'enquit-il.

— Absolument.

— Qu'en as-tu pensé, ma puce ?

— C'était sympa de les lire avec Maman, admit-elle. Dire qu'elle les a conservées pendant toutes ces années !

— C'est dingue, en effet.

Lindy passa la soirée à bavarder avec ses parents. À vingt-deux heures, le couple alla se coucher. La jeune femme appela son frère pour organiser leurs retrouvailles avant de regagner sa chambre. Beau sauta sur le lit et se recroquevilla à ses pieds. Mais, adossée à ses oreillers, avec son livre comme chaque soir, elle ne parvint pas à se concentrer sur sa lecture. Au lieu d'être entraînée dans le récit, elle songea aux événements de la journée.

Après avoir éteint sa lampe de chevet, elle ne trouva pas le sommeil. N'y tenant plus, elle ralluma et se leva. Dans un tiroir de son bureau, elle prit une feuille de papier et un stylo.

Cher Père Noël,

C'est Lindy. J'espère que tu ne m'as pas oubliée. Je t'écris pour te dire que l'année qui vient de s'écouler ne fut pas la meilleure de ma vie, loin de là. Ne t'inquiète pas, je ne vais pas te demander de rétablir la paix dans le monde. Ma requête devrait être dans tes cordes, même si elle sort un peu de l'ordinaire.

Pourrais-tu me présenter un homme qui ressemble à celui que tu as apporté à ma mère, autrefois ? Un homme ayant le sens de la famille, capable de s'engager, un homme fiable et honorable, travailleur, attentionné et drôle. Ce serait bien qu'il aime les enfants, aussi. Je sais que cet homme existe, quelque part et, franchement, je n'ai pas envie d'attendre d'être montée au Paradis pour le rencontrer.

J'aurais aussi besoin d'une nouvelle amie avec qui sortir, à qui confier mes secrets. Une amie ayant le sens de l'humour et le goût de l'aventure. Un clone de Peggy, en quelque sorte.

Je suis ravie de travailler chez Media Blast où j'exerce mes talents. Si ma dernière proposition est acceptée, ma carrière fera un grand bond en avant.

Je te laisse travailler sur ma liste et je te remercie par avance. Par le passé, tu ne m'as jamais déçue.

Lindy avait enfin sommeil. Un sourire aux lèvres, elle posa la tête sur son oreiller. Qui aurait cru qu'elle écrirait au Père Noël au-delà de ses huit ans ? La vie réservait décidément bien des surprises.

— Tu as bien dormi ? s'enquit sa mère le lendemain matin en la voyant émerger de sa chambre à sept heures trente.

— Très bien, merci.

La jeune femme n'en revenait pas elle-même. La rédaction de cette lettre l'avait apaisée. C'était pourtant la plus absurde qu'elle ait fait depuis longtemps. Cependant, elle ne pouvait nier le soulagement qu'elle avait ressenti ensuite.

— Cet après-midi, je me rends à la réunion de mon club de lecture, annonça sa mère en s'excusant presque.

Distraite, Lindy mit la cafetière en marche et ouvrit le réfrigérateur.

— On organise une petite fête, poursuivit Ellen. Tu veux m'accompagner ?

Appuyée au comptoir, la jeune femme souffla sur son café et secoua négativement la tête.

— Non merci, Maman. Je pensais faire quelques courses, ce matin, si ça ne t'ennuie pas. Ensuite, j'ai rendez-vous avec Chad pour déjeuner.

— Bien sûr. Je voulais simplement éviter que tu te sentes délaissée.

— Allons, ne dis pas de bêtises ! Je suis capable de me distraire pendant quelques heures.

Néanmoins, elle était touchée par cette sollicitude qui ne la surprenait guère.

Après une matinée de détente, Lindy rejoignit son frère à l'entrepôt agricole de Wenatchee. Il avait obtenu une licence de gestion logistique à l'université de Central Washington et appréciait ce travail qui lui permettait d'exploiter ses compétences.

Ils se rendirent dans un petit restaurant où ils bavardèrent avec animation pendant trois quarts d'heure. Chad évoqua ses projets avec Ashley pour les fêtes. Lindy se réjouissait à l'idée de passer du temps avec eux et Peter.

Sachant qu'elle ne pouvait y échapper, elle lui confia ses propres déboires. Chad ne put masquer sa colère en apprenant la trahison de Brian et Celeste.

— C'est affreux, ce que tu as subi, commenta-t-il avec compassion.

— C'est du passé. J'ai tourné la page.

— Tant mieux.

Sur le trottoir, ils se séparèrent. En se dirigeant vers sa voiture, elle se rendit compte qu'elle n'avait pas exagéré. Elle avait surmonté la déception et la souffrance qui l'accablaient depuis des mois.

La jeune femme passa ensuite au pressing. Elle avait quelques vêtements à déposer car elle n'avait pas eu le temps avant de quitter Seattle. Au bout de la rue commerçante, elle remarqua un nouveau café et décida de s'offrir un *latte*. Après la salade qu'elle avait commandée au restaurant, une boisson chaude et sucrée lui ferait du bien.

Dans la file d'attente, elle se retrouva derrière une femme élancée, une Afro-Américaine très élégante. Alors que celle-ci se tournait vers l'amie qui l'accompagnait, Lindy lui trouva un air familier et ne put s'empêcher de la regarder fixement. Et si elle l'abordait ? Non, c'était absurde. Il ne pouvait s'agir de celle à laquelle elle pensait. La seule Afro-Américaine qu'elle connaissait à Wenatchee était Peggy, son amie d'enfance. Au comptoir, elle prit son gobelet et se dirigea vers la sortie sans oser aborder la jeune femme.

— Lindy, c'est toi ? entendit-elle soudain derrière elle.

— Peggy ?

Comment était-ce possible ?

— Peggy Scranton ?

— Tu es bien Lindy Carmichael ?

Celle-ci se mit à rire. Quelle coïncidence !

— Peggy, cela fait combien de temps ?

Elle fit signe à Lindy de s'attabler avec elle et son amie.

— Depuis la fin de l'école primaire.

Ensemble, elles avaient commis les pires bêtises. Pendant les vacances, juste avant leur rentrée au collège, la famille de Peggy avait déménagé pour s'installer dans un nouveau lotissement situé à l'autre extrémité de la ville. Les premiers mois, elles étaient restées en contact mais, au fil du temps, elles avaient fini par se perdre de vue. Lindy s'était souvent demandé ce qu'elle était devenue.

— Voici Jayne, déclara-t-elle en lui présentant une jeune femme blonde aux yeux bleus d'à peu près leur âge.

— Enchantée, moi, c'est Lindy.

— Nous étions très amies en primaire, expliqua Peggy.

Toutes deux se mirent alors à échanger des souvenirs d'enfance qui amusèrent Jayne.

— Tu te souviens du jour où on a décidé de monter un groupe de musique ? fit Peggy. Un projet voué à l'échec puisque aucune de nous ne jouait d'un instrument ni ne savait chanter. Cela ne nous empêchait pas de rêver.

— Si, je sais chanter ! s'insurgea Lindy. Faux, d'accord, mais je chante !

Peggy lui sourit.

— Ensuite, nous avons envisagé de monter un journal local.

— Ou plutôt un tabloïd consacré aux potins, corrigea Lindy.

— Quelle originalité ! On avait aussi décidé d'organiser notre propre défilé pour la fête nationale, tu te rappelles ?

— Et comment !

Pour une fois, elles avaient remporté un certain succès. Les frères et sœurs aînés de Peggy étaient venus, ainsi que Chad et ses copains, à vélo. Peggy portait un drapeau qu'elle agitait d'un côté à l'autre et Lindy frappait un tambour. Très vite, d'autres gamins du quartier les avaient suivies. Ils n'avaient guère de spectateurs mais peu leur importait.

— Et ce jour où tu as essayé de me lisser les cheveux ? poursuivit Peggy.

Elle se tourna vers Jayne :

— Lindy a pris un fer à repasser et a mis le feu à mes cheveux.

Lindy éclata de rire. Elle s'en était voulu, à l'époque, d'autant qu'elle avait ensuite dû couper les cheveux de son amie pour limiter les dégâts. Ensuite, Peggy avait coupé les siens afin qu'elles se ressemblent. Dès leur plus jeune âge, elles avaient compris qu'elles n'ouvriraient jamais un salon de coiffure.

— Tu vis ici, à Wenatchee ? s'enquit-elle dès que son rire se fut calmé.

— Peggy est rédactrice en chef et journaliste du magazine local, *Wenatchee Alive*, expliqua Jayne. Elle est d'ailleurs très douée.

— C'est fou ! plaisanta Lindy. Quand je pense que tu as débuté ta carrière littéraire avec moi en tant qu'assistante.

— À entendre Jayne, j'écris pour le *New York Times.* C'est un journal modeste mais l'équipe est très motivée Et toi ? poursuivit Peggy. Ne me dis pas que tu habites ici et que nous avons mis tant d'années à nous croiser.

— Non, je vis à Seattle. Je suis là pour les fêtes.

— Tu restes combien de temps en ville ?

— Presque quinze jours, à moins d'avoir des nouvelles d'un projet que j'ai soumis avant de partir... Mais c'est peu probable.

— Quinze jours. Parfait. Imagine ce qu'on va pouvoir faire ! Ça promet !

— Et si tu te joignais à nous, ce soir ? proposa Jayne en se tournant vers Peggy en quête d'approbation.

— Que se passe-t-il, ce soir ?

— Une virée entre filles, répondit Jayne.

— On va boire un verre au Pressoir.

— C'est un nouveau restaurant ?

Lindy n'en avait pas entendu parler lors de son dernier séjour, l'été précédent.

— Il a ouvert il y a quelques mois et il fait fureur. C'est *the place to be.*

— On y boit d'excellents vins, renchérit Jayne.

— Le patron sert même des vins de l'État de Washington. C'est fou comme cette région produit de bons vins.

Lindy n'ignorait pas que l'État de Washington était le deuxième producteur de vin du pays après la Californie. Rien d'étonnant à ce que le Pressoir mette ces produits en valeur pour soutenir l'économie locale.

— Tu avais prévu autre chose ? s'enquit Jayne qui semblait souhaiter sincèrement sa présence.

— Rien de spécial. Je serai ravie de rencontrer vos amies.

— Tu verras Chloé, qui est cadre dans une grande enseigne de supermarchés discount.

Elles bavardèrent une heure de plus avant de se séparer en prenant rendez-vous pour la soirée. Peggy se chargea de réserver au Pressoir pour dix-huit heures.

Lorsque Lindy regagna la maison familiale, Ellen était rentrée de ses courses. Sans doute affichait-elle un sourire car sa mère fit aussitôt un commentaire.

— J'ai l'impression que tu t'es bien amusée !

— Devine qui j'ai croisé par hasard. Peggy Scranton ! On parlait d'elle, justement.

— Peggy ! répéta Ellen. C'est formidable. Vous étiez si proches, étant petites.

— Elle m'a invitée à boire un verre avec elle et deux copines, ce soir. Si Peggy est célibataire et Jayne aussi, Chloé est mariée.

Lindy avait hâte de les rejoindre. Elle avait consacré tant d'heures à peaufiner son projet pour le groupe Ferguson qu'elle n'était pas sortie depuis une éternité. Elle avait l'impression de ne jamais avoir perdu Peggy de vue. Leur amitié demeurait intacte malgré les années écoulées.

— Vous étiez inséparables, renchérit Ellen, interrompant les pensées de sa fille.

— C'était ma meilleure amie, acquiesça Lindy.

En fin d'après-midi, en se préparant pour la soirée, Lindy ouvrit le tiroir de sa table de chevet et en sortit sa tablette sur laquelle elle avait rédigé sa nouvelle lettre au Père Noël. Elle avait demandé une nouvelle meilleure amie.

— Il est fort, ce Père Noël… commenta-t-elle à voix haute. Très fort, même.

5

À SON ENTRÉE DANS LE RESTAURANT, Peggy, Jayne et Chloé étaient déjà attablées. Peggy lui fit signe d'approcher et se chargea des présentations. Très vite, le serveur leur apporta avec une bouteille qu'il déboucha avec adresse.

— C'est moi qui offre le vin, annonça Peggy. Je suis avec mes deux meilleures amies et je viens de retrouver Lindy. Ça s'arrose !

Elles portèrent un toast à l'amitié et trinquèrent avant de déguster un vin rouge riche. Sa structure tannique mesurée le rendait particulièrement délicieux. Lindy observa l'étiquette. C'était une idée de cadeau pour son père, un amateur éclairé.

Peggy n'avait pas menti en affirmant que ce restaurant remportait un vif succès. Alors que le quatuor bavardait avec entrain, le serveur vint leur demander si elles souhaitaient manger quelque chose.

— Vous nous accordez quelques minutes ? demanda Peggy.

— Bien sûr. Prenez votre temps, mesdames.

Lindy consulta la carte et opta pour du houmous accompagné de pitas. Consommer de l'alcool l'estomac vide n'était pas raisonnable. Peggy choisit une salade de crabe tandis que Jayne et Chloé décidèrent de partager des gambas grillées aux épices.

Lorsqu'elles passèrent commande, Lindy demanda une seconde bouteille de vin rouge, issu d'un autre cépage, cette fois.

— Excellent choix.

En tendant la carte au serveur, Lindy remarqua le nom du directeur de l'établissement : Will Kincade.

— Tu vois qui c'est, n'est-ce pas ? commenta Peggy.

Sans s'en rendre compte, Lindy avait prononcé ce nom à voix haute.

— Ne me dis pas que c'est Billy Kincade, bredouilla-t-elle, les sourcils froncés.

— C'est bien lui, le seul et l'unique !

Lindy était sous le choc. Billy était la petite terreur de l'école et elle le détestait. Son départ avait été un vif soulagement.

— Billy avait le béguin pour Lindy, expliqua Peggy à Jayne et Chloé.

— Il me tirait les cheveux et me terrorisait ! Je n'ose imaginer ce qu'il aurait fait s'il m'avait considérée comme une menace.

— Tu te souviens que je l'ai frappé, un jour ? répondit Peggy. Pour te défendre.

Lindy avait oublié cet incident qui lui revint en mémoire.

— Ce jour-là, tu as été héroïque.

— Billy n'est de retour en ville que depuis peu, intervint Peggy, qui semblait bien informée. D'après ce que je sais, il vivait dans la région de Yakima.

— Tu te souviens de quelqu'un qui te harcelait en primaire ? s'étonna Jayne.

— C'est incroyable, en effet, admit Lindy.

Elle avait un peu le tournis. Le vin, sans doute.

— C'est dingue, reprit-elle.

— Quoi ?

— Hier, chez mes parents, ma mère m'a montré les lettres que j'écrivais au Père Noël, étant petite. Elle les a retrouvées par hasard en rangeant le garage. Je n'avais plus pensé à Billy depuis une éternité. Pourtant, je parle de lui dans une de mes lettres !

— Nous devrions inviter Billy à se joindre à nous, suggéra Peggy.

Sans permettre à Lindy de protester, elle attira l'attention du serveur qui s'empressa de s'approcher.

— M. Kincade est-il disponible ? lui demanda-t-elle.

— Quelque chose ne va pas ? s'inquiéta-t-il. Les plats ne sont pas à votre convenance, mesdames ?

— Non, non, ce n'est pas cela. Il se trouve que M. Kincade est un ancien camarade d'école. Dites-lui que Lindy Carmichael est là.

— Peggy… grommela Lindy. Tu n'aurais pas dû faire ça.

— Allez chercher Will, persista-t-elle.

— Je vais voir s'il est disponible, répondit le serveur.

— Je vous en prie ! implora Lindy, désireuse de l'en empêcher. Ce n'est pas nécessaire. Je suis sûre qu'il ne se souviendra pas de moi.

— Tu as écrit au Père Noël pour lui parler de Billy ? intervint Jayne. Qu'est-ce que tu lui as raconté ?

C'était de plus en plus gênant.

— J'ai affirmé que Billy ne méritait pas de cadeaux parce qu'il était méchant.

Les trois autres s'esclaffèrent.

— Ce n'était pas très bienveillant de ma part, mais Billy m'empoisonnait la vie. Je n'ai trouvé que ce moyen de me défendre.

À peine avait-elle terminé sa phrase qu'un homme vint à leur rencontre, un sourire aux lèvres. Il posa les mains sur le dossier d'une chaise et se pencha vers elles. Lindy en demeura bouche bée.

C'était bien le Billy Kincade de son enfance, elle en avait la certitude au plus profond d'elle-même. Voyant que son amie était muette, Peggy prit la parole :

— Tu te souviens de Lindy, n'est-ce pas ?

Il riva les yeux sur la jeune femme avec une telle intensité qu'elle en fut perturbée.

— Et toi, tu étais sa fidèle garde du corps, d'après mes souvenirs, répondit-il en souriant à Peggy. Ravi de vous voir, toutes les deux.

— Un plaisir partagé, déclara Peggy.

— Salut, Billy, fit enfin Lindy.

Elle ne pouvait le nier, il était devenu un fort bel homme. Il dépassait le mètre quatre-vingts et avait une allure sportive, le torse et les bras musclés. Ses yeux étaient du même brun profond que les siens. Ses cheveux longs étaient coupés court sur les côtés et noués en catogan.

— Saviez-vous que Lindy s'est plainte de vous dans sa lettre au Père Noël autrefois ? s'enquit Chloé.

Lindy eut tellement honte qu'elle eut envie de disparaître sous terre. Elle n'avait aucune envie d'évoquer ce courrier stupide. Jamais elle n'aurait dû leur en parler !

— Ah oui ? fit Billy en reportant son attention sur elle, l'air narquois.

— J'étais ton souffre-douleur… Tu n'étais pas ma personne préférée, loin de là, marmonna-t-elle.

Billy croisa les bras et sourit de plus belle.

— Qu'avais-je donc fait pour susciter une telle soif de vengeance ?

N'avait-il donc aucun souvenir de ses brimades ? Lindy était persuadée qu'il se les rappelait. Il n'était pas question qu'elle le laisse s'en tirer à bon compte.

— Tu sais très bien ce que tu m'as infligé, Billy !

— Raconte-lui ce que tu as écrit dans ta lettre, intervint Jayne.

Lindy n'avait aucune envie de confesser des détails aussi embarrassants.

— Mais non ! Ce ne sont que des enfantillages. Billy n'a certainement pas envie de savoir.

— Oh si ! objecta l'intéressé.

Elle regrettait de plus en plus ses confidences. N'ayant pas le choix, elle répondit :

— J'ai écrit au Père Noël que tu ne méritais pas de recevoir le moindre cadeau.

— C'était en quelle année ? demanda-t-il, les sourcils froncés.

Lindy la lui précisa en ajoutant qu'il avait deux classes d'avance sur elle.

— Eh bien… on peut dire que ton vœu a été exaucé. Cette année-là, mon père nous a abandonnés. Dede et moi n'avons pas eu de Noël et notre mère a dû nous installer chez ses parents à Yakima.

— Oh, non… souffla Lindy. Je suis désolée pour toi.

Elle se sentit soudain terriblement coupable.

— C'est une vieille histoire, reprit Billy, la mine grave. De toute façon, je ne méritais pas de cadeaux car je n'avais pas été sage, donc nous sommes quittes. À présent, mesdames, je vais vous laisser.

Sur ces mots, il prit congé. Mortifiée, Lindy brûlait d'envie de lui emboîter le pas pour lui demander pardon.

6

Si Lindy avait bien dormi le vendredi soir, la nuit de samedi fut des plus agitées. Elle ne trouva pas le sommeil tant l'aveu de Billy la tourmentait. Il était pourtant absurde de croire que sa lettre avait quoi que ce soit à voir avec le départ de ce père de famille. Cela n'avait aucun sens. Elle n'était en rien responsable de ses malheurs. Et pourtant, elle imaginait la souffrance de ce garçon de dix ans, qui ne pouvait comprendre ce qui était arrivé à son père ou pourquoi il était parti.

Quand elle parvint enfin à s'endormir, elle rêva de Billy Kincade et elle, autrefois. Elle se plaignait de lui au Père Noël, qui lui promettait de faire de la vie de Billy un enfer. La jeune femme se réveilla en nage lorsque sa mère frappa à la porte de sa chambre.

— Tu es levée ? demanda Ellen en passant la tête dans l'entrebâillement.

— Presque…

Elle se redressa et se frotta les yeux, soulagée d'échapper à son cauchemar.

— Prépare-toi pour aller à l'église, lui dit sa mère.

— Je croyais que l'office était à onze heures.

Du moins était-ce ainsi dans ses souvenirs.

— Le pasteur a ajouté un office plus tôt, ce qui nous convient parfaitement. D'après ton père, le pasteur Dean ne peut ainsi pas être trop long dans son sermon.

— Va pour le premier office, concéda Lindy en se levant.

— J'ai oublié de t'en parler hier. Ton père et moi dormions déjà quand tu es rentrée. Tu as passé une bonne soirée avec Peggy et ses copines ?

— Très bonne !

Après le Pressoir, Lindy avait poursuivi la soirée chez Peggy et n'était rentrée chez ses parents que bien après minuit. Ces retrouvailles amicales tombaient à point nommé pour se remettre dans l'esprit de Noël. Elles avaient évoqué le passé en riant, échangé des souvenirs de leurs escapades. Finalement, le déménagement de Peggy n'était pas une si mauvaise chose. Si elles avaient continué sur cette voie, elles se seraient sans doute attiré des problèmes au collège et au lycée.

Avant de se mettre en route avec ses parents, Lindy se prépara un café. Elle remarqua la pâte que son père laissait reposer sur le plan de travail depuis la veille, comme lorsqu'elle vivait encore chez ses parents. Elle était impatiente de déguster ses pancakes légendaires !

Assister à l'office l'aiderait à oublier son cauchemar. Elle reverrait des visages familiers et chanterait des cantiques… Ce serait le dernier office avant la traditionnelle messe de minuit célébrée à la lueur des bougies.

Le pasteur prononça un sermon sur le pardon et la nécessité de tourner la page sur les petits différends. Lindy s'identifia sans peine à ses propos. Elle ferma les yeux et s'efforça de souhaiter le meilleur à Celeste et Brian.

De retour à la maison, Phil prépara des pancakes que Lindy nappa généreusement de sirop d'érable. Beau prit place sous la table dans l'espoir qu'un convive lui propose une bouchée. Ellen était incapable de résister aux suppliques de son chien malgré la réprobation de son mari.

— Vous avez bien mangé au Pressoir ? s'enquit-elle. Ton père et moi pensions réserver une table. Malheureusement, nous n'en avons pas encore trouvé l'occasion.

Phil était très occupé à cette période de l'année, de sorte que le couple n'avait guère le loisir de sortir.

— Nos plats étaient savoureux et ils proposent une large gamme de vins. Il y avait un monde fou. Je n'ai trouvé qu'un seul point négatif à cette soirée.

— Ah bon ? Le service laissait à désirer, peut-être…

— Au contraire. Il se trouve que j'ai rencontré le patron du restaurant. Vous ne devinerez jamais de qui il s'agit.

— Aucune idée. Qui est-ce ?

— Billy Kincade.

— Non ! s'exclama Ellen, abasourdie. Le Billy Kincade dont tu parlais dans ta lettre au Père Noël ?

— Celui-là même ! En reconnaissant son nom sur la carte, j'ai commis l'erreur de raconter aux filles le contenu de cette lettre ridicule. Et Peggy a cru bon de faire venir Billy à notre table…

Elle relata alors à ses parents ce qu'elle avait appris sur ce triste Noël d'autrefois.

— À t'entendre, on jurerait que tu es responsable du départ du père de Billy, commenta Phil en se servant un autre pancake.

— C'est un peu l'impression que j'ai et, avant que vous ne disiez autre chose, je sais que c'est absurde. J'ai très mal dormi, cette nuit. Et j'ai fait un terrible cauchemar.

— Billy t'a semblé contrarié en entendant parler de cette lettre ?

— Oh non. Ce qui m'a perturbée, c'est ce qu'il a raconté sur ce Noël précis. Il avait le regard si triste... C'est sûrement la pire période de sa vie.

Sa mère ne répondit pas immédiatement.

— Tu pourrais lui porter des cookies, suggéra-t-elle comme si cela pouvait dissiper le sentiment de culpabilité de sa fille.

— Maman, je doute que quelques cookies soient utiles à quoi que ce soit.

— Ne sous-estime pas le pouvoir des biscuits au gingembre de ta mère, ma puce, intervint Phil.

Cette réflexion amusa la jeune femme. La peine de Billy ne serait en rien apaisée, certes, mais ce serait un geste d'amitié et de bienveillance...

Ce soir-là, Peggy lui avait proposé une sortie au cinéma. Lindy avait accepté avec plaisir car elle était désireuse de passer un peu plus de temps avec son amie d'enfance. Elles n'eurent aucun mal à retrouver leur complicité d'autrefois. Après la séance de cinéma, elles burent un verre en échangeant des confidences. Lindy évoqua son travail et sa détermination à réussir à Seattle. Elle avait toujours été motivée, mais jamais autant que depuis qu'elle avait intégré l'équipe de Media Blast. Dès le premier jour, elle s'était sentie un peu marginale. Au bout d'un mois, elle avait découvert que Laurie, employée par l'entreprise depuis cinq ans, s'était portée candidate pour ce poste. Les autres en voulaient à Lindy d'avoir pris la place qui revenait, selon eux, à leur collègue. Lindy avait une pression terrible. Elle devait faire ses preuves en permanence. Au bout de quelques verres de vin, elle raconta même la trahison de Celeste et Brian.

Elle découvrit que Peggy avait eu le cœur brisé, elle aussi. Elle avait divorcé d'un mari alcoolique qui, après avoir accumulé des milliers de dollars de dettes, l'avait laissée face à ses créanciers. La malheureuse avait mis des années à tout rembourser.

Lundi après-midi, juste après l'ouverture du Pressoir, Lindy se présenta à l'entrée avec un grand plat de cookies au gingembre préparés la veille. Peggy approuvait cette initiative suggérée par Ellen, d'autant que Billy ne manquait pas de charme, avec son physique de sportif aux larges épaules. Il était même très séduisant. Peggy semblait persuadée qu'il en pinçait toujours pour elle. Elle avait même plaisanté en affirmant qu'il la pourchasserait peut-être pour lui tirer les cheveux, comme autrefois. Si tel était le cas, Lindy serait sans doute moins farouche…

Elle n'en était que plus nerveuse. L'hôtesse d'accueil, une ravissante jeune femme d'une vingtaine d'années, l'accueillit avec un sourire.

— Une table pour une personne ?

— Non merci. Je viens voir Billy Kincade. Est-il disponible ?

— Vous voulez dire Will ?

— Oui, c'est vrai qu'il se fait appeler Will, maintenant.

— C'est de la part de qui ?

— Lindy Carmichael. Nous sommes… de vieux amis.

C'était un peu exagéré, mais l'argument était crédible, du moins l'espérait-elle.

— Veuillez patienter, je vais voir si M. Kincade peut vous recevoir.

— Merci.

L'angoisse de Lindy monta d'un cran, au point qu'elle fut tentée de s'enfuir. Et si Billy refusait de lui parler ? Quelle honte…

Soulagée, elle vit l'hôtesse revenir en compagnie de son patron. En découvrant l'assiette de cookies qu'elle lui tendait, il arqua les sourcils.

— Que puis-je faire pour toi ?

L'hôtesse écoutait leur conversation, ce qui mettait la jeune femme mal à l'aise, d'autant que Billy semblait quelque peu impatient.

— Je t'ai préparé des cookies pour me faire pardonner, déclara-t-elle.

Elle n'avait qu'une envie : qu'il accepte son offrande afin qu'elle puisse filer au plus vite.

— Pardonner ? répéta-t-il. Que veux-tu que je te pardonne ?

Il ne prit pas l'assiette.

De peur d'être entendue, Lindy se pencha vers lui pour parler à voix basse.

— À cause de la lettre…

Billy afficha un large sourire.

— Tu plaisantes, j'espère !

— Non.

— Suis-moi dans mon bureau avec tes cookies. J'ai besoin de faire une pause.

Il l'entraîna vers l'extrémité de la salle. Il apporta une seconde chaise dans la pièce exiguë et laissa Lindy seule. Quelques instants plus tard, il réapparut avec deux cafés et invita la jeune femme à s'asseoir en face de lui. D'un œil gourmand, il examina les biscuits et souleva le film transparent qui les protégeait pour en prendre un.

— Ce n'était pas nécessaire, mais je suis ravi. Les cookies au gingembre sont mes préférés. Cela fait des années que je n'en ai pas mangé des faits maison.

— La recette de ma grand-mère est la meilleure, répondit Lindy en mordant à son tour dans un biscuit.

— Si tu me prépares des cookies, tu peux dire du mal de moi au Père Noël chaque année.

Son humour détendit la jeune femme.

— On peut dire que le Pressoir est un succès, commenta-t-elle pour dévier la conversation. Je te félicite.

— Il le sera encore plus si je parviens à lancer mon site Web, répondit-il en foudroyant son écran d'ordinateur du regard.

— Tu t'en occupes seul ?

— Oui. Tu n'imagines pas les tarifs des concepteurs de site.

Lindy se retint de sourire.

— Et tu t'en sors ? s'enquit-elle.

— Pas du tout. Je croyais qu'en lisant quelques livres, je pourrais monter un site correct, que ce n'était pas sorcier. Eh bien, j'ai découvert que c'est plus compliqué qu'il n'y paraît.

— Tu permets que je jette un coup d'œil ?

Billy parut hésitant.

— Tu veux faire quoi ?

— Écoute, la conception de sites Web, c'est mon métier. Tu as entendu parler de Media Blast ?

— C'est la meilleure société de Seattle dans ce domaine. Je ne leur ai même pas demandé de devis. Je n'ai pas les moyens, hélas.

— Je travaille pour eux. Je veux bien regarder où tu en es et te donner quelques conseils, proposa-t-elle, ravie de cette occasion de lui offrir plus que quelques cookies.

— Donne-moi d'abord ton tarif.

— Tu as de la chance, répondit-elle d'un ton enjoué. C'est gratuit. Un tarif très raisonnable.

— Je ne peux pas accepter !

— Dans ce cas, je veux bien un bon cadeau pour un repas pour mes parents. Vin compris.

— Marché conclu !

Billy se leva pour lui céder sa place devant l'ordinateur. La jeune femme ne mit guère de temps à évaluer la situation. Quelques modifications graphiques suffiraient dans un premier temps, mais il restait pas mal de travail. Le restaurateur se retira un moment, puis il réapparut et regarda par-dessus l'épaule de Lindy. Manifestement très compétente, elle lui prodigua quelques conseils et se remit à l'œuvre.

— Tu n'as besoin de rien ? lui demanda-t-il.

Lindy entendait le brouhaha des conversations dans la salle.

— Non merci, ça va, répondit-elle sans quitter l'écran des yeux, très concentrée sur sa tâche.

Quelques minutes plus tard, elle se rendit compte qu'il lui avait servi un sandwich qu'elle mangea distraitement.

Au cours des heures suivantes, Billy fit quelques allers-retours pour voir où elle en était. Elle le chassa d'un geste. Lindy était dans son élément. Sa mère l'appela pour savoir si elle comptait dîner à la maison. Lindy s'étonna de constater qu'il était déjà dix-sept heures. Elle n'avait pas vu le temps passer.

— Je ne sais pas pour combien de temps j'en ai, ici. Mets-moi une assiette de côté, conclut-elle après lui avoir expliqué ce qu'elle était en train de faire.

Elle s'étira car elle commençait à avoir mal au dos. À dix-neuf heures, Billy insista pour qu'elle s'arrête.

— J'ai presque terminé, objecta-t-elle.

— Tu continueras demain.

Il avait raison, elle avait les yeux fatigués, le dos fourbu.

— Viens avec moi, dit Billy en faisant rouler le fauteuil pour l'empêcher de protester.

— Où allons-nous ?

Elle se leva et s'étira longuement.

— Tu poses trop de questions.

Billy la prit par la main et, les doigts entrelacés, ils traversèrent la cuisine, située au fond de la salle. Enfin, ils entrèrent dans un salon privé. Une table ronde était couverte d'une nappe blanche et ornée d'un centre de table en houx. Une bougie était allumée en son centre. La jeune femme découvrit une bouteille de vin et deux verres, ainsi que deux couverts dressés avec soin.

Billy l'invita à s'asseoir et prit place à son tour. Le serveur qui avait servi Lindy et ses amies, le samedi soir, apparut avec deux salades.

— De quoi s'agit-il ? demanda la jeune femme.

— Une spécialité de la maison, répondit Billy comme si cela allait de soi.

— Je parlais de tout ça... tu m'invites à dîner ?

Il afficha un sourire espiègle.

— C'est la moindre des choses. Tu travailles sur mon site depuis des heures.

— Mais... un salon privé ?

Il balaya la pièce du regard en feignant l'étonnement.

— On le dirait bien, oui.

— Je suis impressionnée ! Sache que j'aime mon travail. J'ai passé un bon moment.

— Tu n'imagines pas à quel point je te suis reconnaissant.

— Dis-moi, tu travailles dans la restauration depuis combien de temps ? s'enquit Lindy, curieuse.

— Depuis l'âge de seize ans.

Il se pencha en avant, le regard pétillant, avant de poursuivre :

— J'ai démarré à la plonge pour un ami de mon grand-père qui possédait un restaurant de burgers à Yakima. Au fil des années, j'ai gravi les échelons en occupant tous les postes. Earl, ce fameux ami, m'a tout appris sur la gestion d'un restaurant. C'était mon premier mentor. J'en ai eu d'autres, par la suite, et je les remercie du fond du cœur de m'avoir transmis leur savoir. Et toi ? Comment t'es-tu retrouvée dans la conception de sites Web ?

Lindy avait toujours eu l'esprit scientifique. Après une licence en informatique, elle s'était passionnée pour la conception et l'infographie qui lui permettaient de mettre à profit sa créativité. Sans entrer dans les détails, elle décrivit à Billy les grandes lignes de ses activités chez Media Blast.

— Tu sembles adorer ce que tu fais.

— Oh oui ! Si mon dernier projet est validé par le groupe Ferguson, j'aurai fait mes preuves auprès du reste de l'équipe.

— Tu dois faire tes preuves ? s'étonna-t-il.

— J'ai été engagée alors qu'une employée de longue date briguait ce poste qui, selon elle, lui revenait de droit. Mes collègues n'ont pas vu mon arrivée d'un bon œil.

Elle ne dit rien sur les heures supplémentaires, les week-ends passés au bureau et les efforts qu'elle avait fournis pour démontrer à la direction qu'elle avait eu raison de l'engager.

— J'admire ta ténacité, dit Billy.

— J'ai toujours rêvé de travailler chez Media Blast. Ce n'étaient pas quelques grincheux qui allaient m'inciter à baisser les bras.

— Tu as bien raison.

Cependant, Lindy ne souhaitait pas que cette conversation tourne autour d'elle uniquement. Elle avait envie d'en savoir davantage sur Billy.

— C'est sympa de t'avoir croisé par hasard, surtout après avoir relu ces lettres au Père Noël que ma mère a gardées.

— Autrement dit, tu m'avais oublié ?

— Oublié, non. Disons que tu m'étais sorti de la tête.

— Eh bien, je suis là, Lindy. Et je suis heureux de te voir.

Il posa sur elle un regard si intense qu'elle en fut troublée au point de rougir.

— Merci… Je suis ravie que nous reprenions contact.

Ce dîner fut des plus plaisants. La conversation était fluide et détendue. Ils évoquèrent tour à tour leur métier, échangèrent des nouvelles de leurs familles respectives.

— Tu es en ville pour deux semaines, n'est-ce pas ? lança Billy. Nous venons de passer un bon moment. Et si on se revoyait ? J'avoue que j'ai des horaires bizarres. Le restaurant est ma priorité. J'espère que cela ne te dérange pas. Qu'en penses-tu ?

— C'est une excellente idée.

Elle comptait profiter pleinement de ses vacances et c'était là une occasion à ne pas manquer.

— Une virée à Leavenworth, cela te dirait ?

— Ce serait parfait, répondit-elle en toute sincérité.

7

Le lendemain matin, Lindy ne pensait qu'à une chose : son dîner en tête à tête avec Billy. Son personnel avait beau l'appeler Will, pour elle, il serait toujours Billy. Ils avaient passé une soirée merveilleuse. Il semblait lui porter un intérêt sincère et l'avait longuement interrogée sur son travail. Au contraire des autres hommes avec qui elle était sortie, même s'il ne s'agissait en rien d'un rendez-vous galant, Billy n'avait pas parlé uniquement de sa petite personne, il n'avait pas cherché à l'impressionner.

Ce qui était étonnant, c'était qu'il se souvienne aussi précisément d'elle et de sa famille.

— Je ne risque pas d'oublier le sermon du directeur d'école.

— Ah oui, si je me souviens bien, il t'avait fait la leçon sur le harcèlement.

Elle s'en souvenait parfaitement à présent, il ne se passait pas une journée sans qu'il ne lui tire les cheveux.

Comme elle, Billy n'était pas marié. Il n'avait pas évoqué sa vie privée, mais elle le soupçonnait d'avoir eu de nombreuses aventures. Il était si séduisant... un excellent parti, de surcroît.

De retour chez elle, Lindy trouva sa mère dans la cuisine, en train de boire un café en lisant le journal.

— Désolée d'avoir dîné dehors, hier, déclara-t-elle après avoir raconté sa soirée avec Billy.

À son arrivée, l'assiette qu'Ellen lui avait laissée était desséchée. La jeune femme avait lavé la vaisselle en dansant de joie. Elle se sentait enfin libre ! Cela faisait si longtemps qu'elle n'avait pas ressenti une telle insouciance... et grâce à Billy Kincade, en plus ! Elle avait ri sous cape. Jamais elle n'aurait imaginé qu'il ferait un jour battre son cœur.

— Ce n'est pas un problème, ma puce, lui assura sa mère. Tu as réussi à aider Billy à monter son site Web ?

Lindy se servit une tasse de café. Mille pensées se bousculaient dans sa tête pour améliorer le site.

— J'espère que ça ne te dérange pas si je retourne peaufiner le site ce matin.

Pourvu qu'Ellen n'ait rien prévu ! Sa mère avait évoqué du shopping et des pâtisseries.

— Je n'ai rien de programmé, répondit-elle de façon assez convaincante.

— Si tu préfères que...

— Tu es en vacances ! Tu attendais cela depuis des mois. Fais ce que tu veux. Va aider Billy ! Il appréciera certainement tes conseils.

— La période de Noël devrait être consacrée à la famille et...

— Arrête ! coupa sa mère. Après l'année que tu viens de passer, je n'ai qu'une envie : te voir t'amuser.

Et si cela te plaît de monter un site Web pour Billy, alors vas-y !

C'était le moment propice pour évoquer l'invitation de Billy.

— Demain, il est de repos et m'a proposé de passer l'après-midi à Leavenworth avec lui. J'espère que cela ne te dérange pas.

La jeune femme craignait une fois de plus que sa mère n'ait prévu quelque activité pour elles deux.

— Lindy, je t'en prie, amuse-toi ! Ne t'inquiète pas pour moi. Ça me fait plaisir, au contraire.

— Tu es sûre ?

— Tu me connais, non ? Je dis toujours ce que je pense.

Lindy sourit. Sa mère avait en effet coutume d'exprimer ouvertement ses opinions.

— Je suis contente que tu aies renoué avec Peggy et Billy, tu sais. Ne te fais pas de soucis. Je ne veux qu'une chose : que tu écoutes ton cœur.

En quittant Seattle, la jeune femme était démoralisée. Comment aurait-elle pu prévoir qu'elle reverrait Peggy et, surtout, Billy Kincade ? Dès son arrivée à Wenatchee et la lecture de ces lettres d'enfant, elle avait senti son humeur sombre prendre les couleurs de Noël.

— Merci, Maman.

— Je t'en prie, ma puce, répondit Ellen en levant les yeux de son journal.

Au Pressoir, elle fut accueillie par la même hôtesse que la veille, qui était en train de déverrouiller la porte de l'établissement encore fermé. Le personnel s'affairait à la mise en place et la cuisine était en effervescence. De délicieux effluves envahirent ses narines pour lui ouvrir l'appétit.

— Vous êtes de retour, commenta l'employée. Will n'était pas certain de l'heure de votre arrivée. Il est avec... quelqu'un, en ce moment. Vous pouvez vous rendre directement dans son bureau. Cela ne lui posera pas de problème.

Avec quelqu'un ? songea Lindy en fronçant les sourcils. Pourquoi la jeune femme avait-elle hésité ? Elle semblait ne pas oser lui dire avec qui se trouvait son patron. Très intéressant...

En se frayant un chemin parmi les tables, Lindy aperçut Billy au bar, en grande conversation avec une femme qui lui semblait vaguement familière. Une femme très belle.

Cela ne la regardait pas, après tout... Elle dut néanmoins se forcer à détourner les yeux.

Elle s'installa devant l'ordinateur de Billy et se mit au travail. Très vite, son téléphone se mit à bourdonner.

— Salut ! lança Peggy. Tu as quelque chose de prévu pour ce soir ?

— Pourquoi ?

— J'organise une chasse au trésor gourmande entre amies.

— Une quoi ? s'enquit Lindy, qui n'avait jamais entendu parler d'une telle activité.

— Je t'expliquerai plus tard. Rendez-vous chez moi à six heures.

— Je dois apporter quelque chose ?

— Rien, à part toi, une bouteille de vin et un cadeau surprise.

Lindy sourit, enchantée à cette perspective.

— Tu peux compter sur moi.

— Génial, à ce soir !

Au moment où elle raccrochait, Billy entra dans le bureau.

— Désolé de t'avoir fait attendre. Je discutais avec ma sœur. Tu te souviens de Dede, non ?

Lindy gardait d'elle un vague souvenir car elles fréquentaient la même école. Dede avait deux ans de plus que Billy.

— Elle était plus grande que moi. Je ne lui ai jamais parlé, même si je savais qui elle était.

— Je lui dois beaucoup. En décidant d'ouvrir ce restaurant, j'ai eu pas mal de problèmes et je ne m'en serais pas sorti sans Dede et son mari, surtout après...

Il s'interrompit. Avant que Lindy ne puisse lui demander des explications, il reprit :

— Tu as réussi à te libérer pour demain après-midi ?

— Oui, ma mère n'avait rien de prévu pour moi.

— Tant mieux.

Il afficha un sourire radieux qui la captiva à tel point qu'elle mit une éternité à détourner le regard. En très peu de temps, il avait réussi à s'insinuer dans son esprit. Elle pensait à lui le soir, en se couchant, puis le matin, à son réveil, et était impatiente de passer du temps avec lui...

Chez Peggy, Lindy retrouva Chloé et Jayne. Les réjouissances étaient sur le point de démarrer. L'organisatrice étant Peggy, les deux autres semblaient aussi perplexes que Lindy sur la teneur de cette soirée.

Lindy déposa son cadeau surprise emballé avec soin à côté des autres paquets et remit à Peggy la bouteille de vin blanc choisie sur les conseils de Phil. Son amie affichait un sourire mystérieux. De toute évidence, elle mijotait quelque chose. Quand elles étaient petites, Peggy avait une imagination fertile et Lindy ne se faisait pas prier pour la suivre dans ses initiatives aussi fantaisistes qu'amusantes. Elle devait à Peggy ses plus beaux souvenirs d'enfance. Apparemment, son amie n'avait pas changé.

— Bon, les filles, vous êtes prêtes ?

Elle se frotta les mains comme si elle était impatiente de mettre en œuvre quelque plan machiavélique.

— Autant que possible, répondit Lindy en se tournant vers Jayne et Chloé.

Peggy donna alors à chacune une feuille de papier pliée en quatre.

— Très bien, prenez connaissance de votre indice. Vous avez trente minutes pour résoudre l'énigme, trouver et rapporter le plat qui est décrit. N'oubliez pas : une demi-heure. La première à revenir aura gagné et la dernière... Eh bien, je dirai simplement qu'il vaut mieux ne pas être la dernière.

Lindy attendit qu'elles aient toutes les trois leur feuille en main pour déplier la sienne et lire l'énigme :

À toi de trouver le dessert,
Ni gouda ni cheddar, il est bien plus moelleux.
Quand pâtisserie et fromage vont de pair.
Choisis le parfum que tu veux.

Lindy n'eut guère de mal à deviner que Peggy lui demandait de rapporter un cheesecake, le traditionnel gâteau au fromage blanc. Les deux autres seraient sans doute chargées de compléter le repas. Quelle idée originale ! Elle reconnaissait bien la créativité de Peggy.

— Le plat de résistance se trouve dans la mijoteuse électrique. Quand vous reviendrez, j'aurai débouché une bouteille de vin et mis le couvert. La gagnante aura le privilège de choisir son cadeau surprise.

— Et la dernière ? s'enquit Jayne.

— Elle devra nettoyer la cuisine à fond.

Les trois jeunes femmes grommelèrent en constatant l'état des lieux.

Cette soirée ne manquerait pas de piquant ! Le trio s'empressa de quitter l'appartement.

Lindy fila vers sa pâtisserie préférée. Elle était si bondée que la jeune femme passa devant sans s'arrêter. À cette heure de la journée, il ne restait sans doute pas de cheesecake. Elle venait de perdre cinq minutes pour rien…

Sa prochaine étape fut l'hypermarché. Le parking était complet. Il ne servait à rien d'entrer. Elle aurait dû s'en douter, à cette période de l'année. Les gens se ruaient dans les magasins.

Et la supérette ? Lindy s'y précipita. En vain, hélas. Pas un seul cheesecake en rayon.

Soudain, elle se rappela que le Pressoir en proposait sur sa carte des desserts. Dans la rue, la jeune femme téléphona au restaurant.

— C'est Lindy, déclara-t-elle à l'hôtesse. Puis-je parler à Billy ?

De peur d'arriver dernière, elle consulta sa montre. Il était hors de question qu'elle se retrouve de corvée de ménage. Au bout de ce qui lui sembla une éternité, elle entendit sa voix :

— Lindy ?

— J'ai besoin de quatre parts de cheesecake et vite !

— C'est urgent ? s'étonna-t-il. Je ne suis pas au courant de la moindre pénurie de ce produit.

— C'est pour une chasse au trésor gourmande, une idée folle de Peggy. Si je ne reviens pas chez elle avec du cheesecake dans quelques minutes, j'aurai un gage. Je devrai faire une vaisselle monstre. Tu pourrais m'en vendre quatre parts ?

Peu lui importait le prix. Elle voulait devancer Jayne et Chloé.

— Bien sûr.

— J'ai moins de douze minutes pour les porter chez Peggy.

— Où es-tu ?

Elle lui indiqua sa position.

— On se retrouve à mi-chemin, devant notre ancienne école. Je t'attends sur le parking, près du terrain de baseball.

— Il existe toujours ?

— La dernière fois que je suis passé devant, il était intact.

— Tu veux bien m'apporter du cheesecake en urgence ?

Elle ne se sentait plus de joie car c'était peut-être sa seule chance de l'emporter.

— J'arrive. Je fais au plus vite.

Lindy se dirigea vers l'école élémentaire de Mission View. Billy ne la fit pas patienter longtemps. Il arrêta sa voiture à côté de la sienne et sortit. En ouvrant la portière, la jeune femme heurta malencontreusement le restaurateur. Touché en plein ventre, Billy se pencha en avant.

— Oh non ! s'exclama Lindy. Je ne t'ai pas fait mal, j'espère ! Je suis désolée !

Billy respira profondément avant de se redresser.

— Ça va, maugréa-t-il, les dents serrées.

— Je vois bien que non, répliqua-t-elle.

Il lui fit signe de ne pas s'inquiéter et lui remit une boîte en carton.

— Je te dois combien ?

— Rien, c'est un cadeau.

— Mais…

— Tu m'as rendu service et je te renvoie l'ascenseur, énonça-t-il d'une voix tendue par la douleur.

— Tu as mal, insista-t-elle. Que puis-je faire pour t'aider ?

— Je t'assure que ça va, Lindy. Tu m'as pris par surprise, voilà tout.

— Tu es blessé.

— Je te dis que non ! Allez, file, si tu veux échapper à la corvée de vaisselle.

— D'accord... si tu n'as pas trop mal.

— File, je te dis !

— Comme tu voudras.

Hésitante, elle attendit qu'il soit remonté en voiture pour se mettre en route.

Elle se présenta chez Peggy avec trois minutes d'avance sur le temps imparti. Hélas, Jayne l'avait précédée de quelques secondes. Elle apprit que cette dernière était chargée de rapporter les entrées : des rouleaux de printemps. Chloé arriva deux minutes plus tard. Son énigme concernait une salade Waldorf dont l'un des ingrédients était la pomme, un produit phare du comté de Chelan. Compte tenu du mal qu'elle avait eu à trouver un cheesecake, Lindy était sidérée que ses concurrentes aient réussi à respecter le délai.

Peggy les accueillit dans la cuisine. La table était ornée d'assiettes et de serviettes festives. Chacune déposa ses victuailles et relata ses mésaventures. Le vin blanc ne tarda pas à délier les langues. La contribution de Peggy était une soupe mexicaine qui complétait ce repas des plus cosmopolites.

— Une salade Waldorf ! s'exclama Chloé. Tu ne manques pas d'air ! Tu aurais pu trouver une recette moins spécifique.

— Qu'est-ce qui t'a donné cette idée ? s'enquit Lindy.

Peggy éclata de rire.

— C'est la spécialité de sa mère. Je me suis dit que, juste avant Noël, elle en aurait préparé une pour la famille.

— C'est vrai et je lui ai chipé cette recette. Autrement dit, je risque d'être déshéritée. Si ma mère me renie, je ne te le pardonnerai jamais, Peggy.

Lindy confia aux autres comment elle s'était procuré les parts de cheesecake, sans oublier l'agression involontaire dont le pauvre Billy avait été victime avec la portière de voiture.

— Je lui ai fait très mal, je crois. Naturellement, il n'a pas voulu l'admettre. Les hommes sont ainsi.

— On devrait prendre de ses nouvelles, tout à l'heure, suggéra Peggy.

Le dîner se déroula dans une atmosphère enjouée. Linda avait l'impression de connaître les deux amies de Peggy depuis toujours. Elles formaient un groupe soudé dont elle était honorée de faire partie, désormais.

Chloé dut bientôt rentrer chez elle, auprès de son mari et ses enfants, et Jayne commençait de bonne heure le lendemain matin, de sorte que Lindy fut la dernière à partir.

— Tu veux toujours prendre des nouvelles de Billy ? demanda Peggy.

— Je crois qu'il le faudrait…

— Je t'accompagne.

Elles prirent chacune leur voiture. En cette fin de soirée, le parking du Pressoir était plus clairsemé. Cependant, la salle était encore très animée.

Posté derrière le bar, Billy vantait les mérites d'un grand cru à des clients très attentifs. En voyant entrer les deux amies, il sourit et leur fit signe de s'approcher.

Elles s'installèrent sur les deux derniers tabourets. Abandonnant ses clients, Billy vint à leur rencontre et posa machinalement deux serviettes en papier devant elles.

— Qu'est-ce que je vous sers, les filles ?

— Je suis venue voir si tu avais toujours mal, répondit Lindy avec une sollicitude sincère.

— Je vais très bien.

— Tu en es sûr ? insista la jeune femme, peu convaincue.

Billy poussa un long soupir et se tourna vers les clients entourant Peggy et Lindy.

— Tous en chœur ! dit-il en imitant les gestes d'un chef d'orchestre.

— Il va bien ! lancèrent-ils à l'unisson.

8

BILLY PASSA CHERCHER LINDY chez elle avant qu'ils ne parcourent les trente-trois kilomètres qui les séparaient de Leavenworth. Enfant, elle avait visité ce village de style bavarois avec ses parents à l'occasion de l'*Oktoberfest,* la fête de la bière organisée chaque année, l'une des plus importantes du pays. Les illuminations de Noël étaient encore plus réputées.

En fin d'année, les visiteurs affluaient déjà vers cette bourgade bien avant que l'événement ne soit médiatisé. Lindy avait toujours été fascinée par l'histoire de Leavenworth. Cette localité du comté de Chelan, nichée au pied de la chaîne des Cascade, avait failli devenir une ville fantôme. Heureusement, le conseil municipal avait décidé de faire renaître les lieux, avec un succès allant au-delà de toute prévision.

Ellen accueillit Billy sur le pas de la porte tandis que Lindy prenait son manteau et son sac.

— Mon Dieu, Billy ! Tu as bien grandi !

— Maman, la dernière fois que tu l'as vu, il avait dix ans. Il est naturel qu'il ait grandi.

— Il dépasse le mètre quatre-vingts !

— Nous sommes grands, dans la famille, déclara-t-il en adressant un regard complice à Lindy.

— Il est temps de partir, lança cette dernière de peur que sa mère ne l'embarrasse avec quelque commentaire maladroit sur ses lettres au Père Noël.

— Filez et amusez-vous bien. Ne vous inquiétez pas de l'heure.

— Oui, Maman, railla Lindy.

Elle avait l'impression d'être une adolescente contrainte de rentrer avant le couvre-feu.

Alors qu'ils s'éloignaient vers la voiture, Billy lui prit la main. Si elle n'y vit aucun inconvénient, ce simple contact suffit à propager une onde de chaleur dans tout son corps.

Dans la voiture, Lindy remarqua qu'il avait allumé le chauffage. La météo prévoyait de la neige en altitude, non seulement à Leavenworth mais aussi à Wenatchee.

Billy mit le cap sur l'autoroute 2.

— J'ai réussi à réserver chez Berghoff, annonça-t-il comme s'il suffisait pour cela de passer un appel téléphonique. Le patron est un ami. Il nous a trouvé une table. Ce sera parfait pour ce que j'ai prévu.

Billy semblait avoir préparé cette escapade avec soin.

— Je peux savoir de quoi il s'agit ?

Il lui adressa un regard en biais.

— Le programme classique. Une promenade en traîneau, une visite au Père Noël…

— Quoi ? Tu plaisantes !

— Non. Un entretien avec le Père Noël s'impose. Tu sembles figurer sur sa liste et, avec les lettres que tu lui as envoyées, étant petite… Je me suis dit que tu aimerais t'asseoir sur ses genoux et lui confier tes souhaits les plus chers.

— Très drôle, rétorqua-t-elle non sans sarcasme. J'ai passé l'âge.

Elle se rappela alors sa dernière lettre en date au personnage jovial et ventripotent. Elle lui avait demandé une nouvelle meilleure amie. Juste après, elle avait retrouvé Peggy. Et ce n'était pas tout. Elle avait croisé le chemin de Billy, également. Or elle avait exprimé le souhait de rencontrer un homme bien...

— Comment ça, tu as passé l'âge ? On n'est jamais trop vieux pour voir le Père Noël.

— Tu as raison, concéda-t-elle. Ce n'est peut-être pas une mauvaise idée.

D'instinct, elle posa la tête sur son épaule. Elle savait que, avec cette sortie, il lui témoignait sa reconnaissance pour l'aide technique qu'elle lui avait apportée pour son site Web, rien de plus. Une éventuelle relation avec Billy ne survivrait pas à ces deux semaines de congé, ce qui était regrettable. Sa vie était à Seattle et il possédait un restaurant à Wenatchee. Il travaillait surtout le week-end, les deux journées de libre de la jeune femme. Il ne pourrait venir la voir à Seattle. Et si elle se déplaçait, il n'aurait guère de temps à lui accorder car il serait accaparé par le Pressoir.

Mieux valait qu'elle maîtrise son attirance pour lui. Même Billy semblait comprendre qu'il ne pourrait rien se passer au-delà de ces deux semaines. Cependant, une romance de Noël ne pouvait que remonter le moral de Lindy, faire renaître l'espoir dans son cœur. Cette attirance ne pourrait pas aller plus loin qu'une amourette.

Billy s'engagea dans l'allée située derrière le restaurant, une taverne allemande, et se gara sur un emplacement que son ami lui avait réservé. Les aires de stationnement manquaient cruellement. Les visiteurs devaient souvent laisser leur voiture assez loin du centre.

Au moment où il coupait le moteur, il se mit à neiger. Quelques flocons voletaient déjà dans un ciel gris. En descendant de voiture, Lindy en reçut quelques-uns sur le nez.

— Tu te souviens, quand on était gosses et qu'on essayait d'attraper des flocons avec la langue ? s'enquit Billy.

— Et comment !

À Seattle, une ville côtière, elle n'avait pas souvent l'occasion de voir la neige. Trois jours avant Noël, elle était heureuse de revivre l'expérience.

Dans la rue principale, il y avait foule, au point que de nombreux commerces avaient engagé un vigile chargé de limiter le nombre de personnes présentes à l'intérieur. C'était essentiel pour respecter la réglementation relative aux incendies. Cette attente ne semblait en rien atténuer l'enthousiasme des touristes. Sur les trottoirs, des vendeurs proposaient marrons grillés, café et cappuccino, chocolat chaud et beignets maison.

À cet instant, le train en provenance de Seattle siffla pour annoncer son entrée en gare. De nombreux habitants de l'ouest préféraient le chemin de fer pour éviter de franchir en voiture le col montagneux menant à Leavenworth. Ces expéditions familiales étaient si prisées des citadins que plusieurs trains effectuaient l'aller-retour dans la journée.

L'immense horloge du centre-ville se mit à sonner tandis que la neige tombait sur les épaules du manteau de laine rouge de la jeune femme.

— On commence par la promenade en traîneau, annonça Billy en la prenant par la main.

Une fois de plus, elle ressentit la chaleur immédiate de ce contact, même à travers leurs gants. Elle ignora sa détermination à ne pas céder à ses élans pour profiter de chaque moment partagé avec Billy.

Devant les traîneaux, la file d'attente était longue. Lindy dénombra pas moins de vingt couples, mais peu lui importait. Tout le monde semblait d'humeur joviale. L'esprit de Noël, sans doute. Des chanteurs en costumes victoriens interprétaient des airs classiques. Lindy porta son regard sur le train qui entrait lentement en gare.

Elle observa les voyageurs qui débarquaient. Il y avait plusieurs familles. Certains enfants impatients d'explorer ce village pittoresque poussaient des cris de joie. La chorale victorienne entonna un chant de bienvenue. Une fillette de six ou sept ans contempla le quatuor d'un air fasciné.

Billy posa un bras sur les épaules de Lindy tandis qu'ils s'approchaient du traîneau. Il était manifeste que cette promenade se voulait romantique.

— Ce sera bientôt notre tour, murmura-t-il à son oreille.

En se tournant vers lui, elle posa les yeux sur le quai de la gare et la fillette. Derrière elle, un couple attira son attention. Abasourdie, elle vit Brian et Celeste descendre du train.

Oh non !

Quelle était la probabilité qu'ils viennent à Leavenworth le même jour qu'elle ? Brian tint la main de Celeste pour l'aider à négocier le marchepied. Un vrai gentleman… Lindy fut parcourue d'un frisson. Elle qui pensait que, après lui avoir pardonné, elle ne ressentirait plus la souffrance de cette trahison. Elle prit une profonde inspiration. Il n'était pas question qu'elle laisse son esprit s'aventurer sur ce terrain glissant.

— Tu as froid ? demanda Billy.

Sans doute l'avait-il sentie se crisper.

— Un peu, mentit-elle pour ne pas devoir s'expliquer.

Elle se détourna, bien décidée à ne pas laisser Celeste et Brian lui gâcher sa journée. Et s'ils la voyaient en compagnie de Billy, tant mieux. Ils comprendraient qu'elle avait tourné la page.

Billy se mit à lui frotter les bras pour la réchauffer.

— Dans quelques minutes, nous serons sous la couverture du traîneau, assura-t-il.

— Oui, la file avance vite.

Quand vint leur tour, un homme fit signe à la jeune femme de grimper sur le traîneau. Billy passa le premier et tendit la main pour l'aider. Dès qu'ils furent assis, il plaça la couverture sur leurs genoux et mit un bras autour de sa taille.

Une chaleur désormais familière envahit la jeune femme et vint s'ajouter au réconfort de la couverture. Billy se montrait attentionné. Le cocher fit démarrer le cheval qui emprunta un chemin enneigé avant de s'enfoncer dans les bois. Les sabots de l'animal soulevaient de petits nuages de poudreuse à chaque pas. La musique qui enveloppait les promeneurs finit par s'atténuer à mesure qu'ils s'éloignaient du centre-ville. Le cocher était aimable et disert :

— C'est la première fois que vous venez ?

Billy se tourna vers Lindy pour l'inviter à répondre.

— Non. En revanche, je n'avais jamais essayé le traîneau.

— C'est sympa que votre chéri soit avec vous.

— Très sympa, confirma Billy avec un sourire.

Fascinée par son regard pétillant, elle se rapprocha de lui. Comme elle s'en doutait, la promenade fut plus courte que leur attente dans la file, mais cela n'avait aucune importance. Ces quelques minutes en forêt furent magiques. Un vrai conte de Noël. Elle sentait le bras protecteur de Billy qui l'enlaçait. Le chemin était bordé de sapins dont les branches ployaient presque sous leur manteau de neige. Un cadre féerique. Le son de la chorale s'estompa peu à peu, puis s'éleva à nouveau à mesure que le traîneau revenait vers son point de départ. Au détour du dernier virage, Lindy remarqua la présence de Brian et Celeste dans la file. Ils étaient néanmoins trop loin pour la reconnaître. Elle s'en réjouit car elle n'avait pas du tout envie de les croiser, finalement.

— Tu as encore froid, commenta Billy.

Au moment de débarquer, elle se tourna vers lui.

— Je peux te demander quelque chose ? fit-elle.

— Bien sûr. Qu'est-ce que tu veux ?

— Tu veux bien m'embrasser ?

Il afficha un large sourire et, sans l'ombre d'une hésitation, il prit son visage entre ses mains et posa doucement ses lèvres sur les siennes. Avec cette requête, Lindy ne savait pas vraiment à quoi s'attendre. En tout cas, elle était loin de s'imaginer les émotions que suscita en elle ce baiser. Il sentit d'abord des lèvres un peu froides, mais elles se réchauffèrent bien vite lorsqu'il approfondit son baiser. En s'ouvrant à lui, elle sentit une onde de chaleur se propager dans son corps entier. Elle s'abandonna et enroula les bras autour de son cou. Très vite, elle se laissa emporter par les sensations et la magie de ce moment. Des applaudissements et des acclamations lui parvinrent au moment où le traîneau s'immobilisait. Lindy n'entendit pas immédiatement l'homme qui l'invitait à descendre du traîneau.

Galant, Billy la précéda et lui tendit le bras. Une fois sur la terre ferme, la jeune femme ne put s'empêcher de regarder en direction de la file d'attente. Pourvu que Celeste et Brian aient été témoins de ce baiser fougueux ! Jamais elle n'avait ressenti un tel trouble mêlé de plaisir. Un sourire aux lèvres, elle prit Billy par la main.

— Lindy ! lança Celeste.

Dès que Lindy se retourna, la jeune femme sembla regretter de l'avoir interpellée. Gênée, elle baissa les yeux.

— Bonjour, Celeste. Tu verras, il n'y a pas plus romantique que cette balade en traîneau. Tu vas adorer. Passe une bonne journée !

La conversation s'arrêta là. Billy et Lindy s'éloignèrent. Au bout de quelques mètres à peine, Billy exprima sa curiosité.

— Tu peux m'expliquer ?

Elle songea un instant à jouer les ingénues, mais il ne la croirait pas une seconde. Billy était trop perspicace.

— C'étaient mon ex-meilleure amie et mon ex.

— Je vois. C'est leur présence qui t'a incitée à me demander de t'embrasser ?

Lindy comprit qu'elle avait mal agi en utilisant Billy.

— Ta rupture avec ce type est récente, n'est-ce pas ? s'enquit-il, un peu tendu.

— Elle remonte à six mois. Il s'est installé avec mon ancienne colocataire, ma meilleure amie, lui confia-t-elle. Pardonne-moi… je n'aurais pas dû me servir de toi. Je voulais tellement leur montrer que j'avais tourné la page.

— Je comprends mieux que tu ne l'imagines. J'ai subi mon lot de déceptions de la part de personnes en qui j'avais confiance. Ce sont des épreuves difficiles à surmonter. Je suis désolé que tu sois passée par là.

— Sur le moment, j'ai trouvé que c'était une bonne idée de te demander de m'embrasser. Avec le recul, je…

Elle hésita.

— Avec le recul ? fit-il pour l'inviter à poursuivre.

— Bon... soupira-t-elle, rendant les armes. Je vais t'avouer la vérité. Ce baiser était... comment dire... le meilleur que j'aie jamais connu.

— Le meilleur ? Vraiment ?

— Oui. C'était merveilleux. Écoute, je t'ai peut-être demandé de m'embrasser pour de mauvaises raisons, mais... waouh ! Tu m'as fait de l'effet. J'ai le cœur qui bat à tout rompre.

— Tu n'es pas au bord de la crise cardiaque, j'espère ! railla-t-il.

— Mais non ! Même si je t'ai raconté l'autre soir que j'avais été stressée par mon travail, sans parler de cette rupture.

— C'est compréhensible.

— Ma fierté en a pris un coup.

— Donc, tu as aimé ce baiser ? reprit Billy.

— C'est tout ce que tu as retenu ?

— J'avoue que ce commentaire a flatté mon ego.

Lindy sourit. Il avait raison. À quoi bon remuer le passé ? Elle se réjouit de s'être montrée sincère.

— Et toi ? Qu'as-tu pensé de ce baiser ? demanda-t-elle, incapable de résister à sa curiosité.

— Pas mal... fit-il en haussant les épaules.

— Quoi ? s'insurgea Lindy en lui balançant un coup de coude.

Billy fit mine de souffrir.

— Très bien, j'avoue, il était exceptionnel. Je peux toujours faire mieux, si tu m'en donnes l'occasion.

— Avec grand plaisir, répondit-elle en l'enlaçant par la taille.

— Alors, tout va bien, conclut-il avant de déposer un chaste baiser sur son front.

9

— OÙ VA-T-ON, MAINTENANT ? s'enquit Lindy.

— Que dirais-tu d'un chocolat chaud accompagné d'un beignet ? suggéra Billy.

— Je prendrais bien un café, plutôt.

Pendant que Billy allait chercher deux gobelets, elle observa la vitrine d'une boutique proposant divers chapeaux, casquettes et bonnets, dont de nombreux modèles uniques.

Lorsque Billy réapparut, ils eurent la chance de trouver un espace libre où s'asseoir au bord de la fontaine. Dès la première gorgée, Lindy fit une moue.

— Il est corsé ! Un vrai défibrillateur.

— Je croyais que c'était mon baiser qui avait produit sur toi un tel effet.

— C'est vrai.

— J'en étais sûr...

Ah, les hommes et leur ego ! Comme il était bon de plaisanter, de rire à nouveau. Si elle croisait le chemin de Celeste et Brian, elle n'en aurait que faire, désormais. Cette journée en compagnie de Billy était exactement ce dont elle avait besoin pour se sentir mieux.

Quand ils eurent terminé leur café, il la prit par la main pour l'entraîner vers l'atelier du Père Noël.

— Tu sais, cette étape n'est pas indispensable, assura-t-elle, un peu gênée.

— Je crois que si, au contraire.

Lindy décida de jouer le jeu, ne serait-ce que pour faire plaisir à Billy. Après tout, sa dernière lettre au Père Noël, quoiqu'un peu puérile, n'avait fait de mal à personne. Au contraire, dresser la liste de ses souhaits les plus chers était libérateur, surtout après avoir relu sa correspondance d'autrefois.

Dans la file d'attente, Lindy observa le Père Noël et les enfants. Il faisait preuve d'une patience d'ange et prenait le temps d'écouter chacun exprimer ses souhaits. Quand vint le tour de la jeune femme, il ne sourcilla pas. Il tendit la main pour l'inviter à s'approcher, puis tapota son genou.

— Bonjour, Papa Noël, dit-elle en souriant au vieil homme.

Sa barbe blanche était authentique et il avait le regard espiègle. Lindy se sentait ridicule d'être la seule adulte à avoir fait la queue pour avoir un entretien avec ce personnage mythique. Un enfant visiblement indigné la montra du doigt.

— Elle est trop grande ! s'exclama-t-il.

Le Père Noël se tourna vers lui pour le réprimander gentiment :

— On n'est jamais trop grand pour le Père Noël ! clama-t-il.

Il reporta son attention sur Lindy et lui sourit.

— Ah oui… je t'attendais.

— Vraiment ? railla-t-elle.

Les yeux bruns du vieil homme se firent plus graves, comme si elle venait de l'offusquer.

— Absolument, Lindy.

Il connaissait son prénom ! Sans doute avait-il entendu Billy le prononcer. Elle avait eu l'occasion d'observer cet homme qui semblait plus alerte que la plupart des Pères Noël habituels.

— As-tu été sage, cette année ?

— Comme une image, assura-t-elle en refoulant un rire.

— Je me réjouis de l'entendre. Et que voudrais-tu recevoir du Père Noël ?

— Vous n'avez pas reçu ma lettre ? plaisanta-t-elle.

— Un de mes lutins l'a certainement posée sur mon bureau. Je te promets de la lire dès mon retour en Laponie.

Sa sincérité était presque touchante.

— Tant mieux, parce que ma liste me tient vraiment à cœur.

— Je te crois. Je la lirai bientôt, c'est promis. Mais puisque tu es là, autant me dire ce que tu souhaites de vive voix.

Pendant ce temps, Billy immortalisait la scène en prenant des dizaines de photos de Lindy perchée sur les genoux du vieil homme, sous différents angles. Il paraissait beaucoup d'amuser, ce qui ne la contrariait en rien. Billy cherchait à lui offrir une journée de détente et elle tenait à ce qu'il sache combien elle appréciait ses efforts.

— Avant de partir, conclut Lindy, je voulais te dire que, quand j'avais six ans, je t'ai demandé une petite sœur, et tu n'as donné un petit frère. Je te pardonne, parce que Chad est le meilleur des petits frères. Je te remercie.

— Ce fut un plaisir. Il doit s'agir d'une erreur dans la salle de tri du courrier. Mes lutins ont dû confondre deux lettres. Cela se produit parfois.

Lindy réprima un sourire face au sérieux de cet argument.

— Tout s'est bien terminé, finalement, donc il n'y a pas de mal.

Le Père Noël afficha un sourire contrit.

— Je regrette aussi de vous avoir demandé de priver Billy Kincade de cadeaux. C'était méchant.

— Billy Kincade, répéta le Père Noël comme s'il cherchait à se remémorer ce nom. Ah oui, je me souviens de ce garçon. Un sacré garnement ! Tu ne sais sans doute pas ce qu'il est devenu, aujourd'hui ?

— C'est lui ! expliqua Lindy en le désignant. Celui qui nous prend en photo avec son téléphone.

— Tiens donc ! Je constate qu'il a bien grandi. Un charmant jeune homme. Je suis ravi que vous ayez réglé vos différends.

— C'est vrai, nous nous sommes réconciliés.

Cette conversation était plaisante. Lorsque le Père Noël lui tendit un sucre d'orge, elle comprit qu'il était temps pour elle de partir.

— Merci, lui dit-elle en se levant.

— Tu sais, ajouta-t-il avec un regard pétillant de malice, cette lettre que tu m'as écrite dernièrement…

— Oui ?

— Je ferai de mon mieux pour que tous tes vœux soient exaucés, promit-il d'un air grave.

— Merci encore, dit-elle, la gorge nouée par l'émotion.

Billy la rejoignit à l'extrémité de la file d'attente.

— Qu'est-ce qu'il t'a dit, à la fin ? s'enquit-il.

À la réflexion, ces ultimes propos du Père Noël la laissaient quelque peu perplexe. Il avait l'air si sérieux… si sincère.

— La même chose qu'aux autres, je suppose. Qu'il fera de son mieux pour exaucer mes souhaits.

Billy lui prit la main.

— Il semblait… je ne sais pas… Il donnait l'impression d'être sur le point de te proposer un rendez-vous.

La jeune femme s'esclaffa et posa la tête sur son épaule.

— N'importe quoi !

— Tu lui as confié ton souhait le plus cher ?

— Pas vraiment. J'ai simplement mentionné que je lui avais écrit.

— Je parie que tu n'as pas commandé des patins à roulettes ! railla Billy.

— Non. C'était plus… personnel.

— Je vois. Et il a affirmé qu'il s'en occupait ?

— C'est ça.

Lindy l'espérait de tout cœur. Elle avait envie de réussir sa carrière à Seattle. Elle avait tant à prouver à l'équipe de Media Blast ! Quant aux autres éléments de sa liste, elle s'en remettait au Père Noël.

Le reste de la journée se déroula à merveille. Ils se rendirent dans une librairie, Les Quatre Saisons, où Lindy acheta un exemplaire dédicacé du dernier roman de l'un de ses auteurs préférés. Ils passèrent ensuite dans une crémerie où Billy sélectionna quelques fromages d'importation pour le repas de Noël de sa sœur.

— Tu passes Noël avec Dede ? demanda la jeune femme, se disant que le restaurant serait fermé le 25.

— C'est ce qui est prévu, oui. Pour l'instant.

Comment cela ? Suggérait-il un changement possible ? Aurait-il des projets avec une autre femme ? Soudain curieuse, elle refoula son envie d'en savoir davantage. Elle-même regagnerait Seattle après le Jour de l'An. Ces moments partagés avec Billy n'étaient qu'un intermède dont son estime de soi avait grand besoin, mais ils étaient tous deux conscients que cette histoire était sans lendemain.

Ils se frayèrent un chemin parmi les promeneurs, au milieu des rires et des conversations. La musique omniprésente ne faisait qu'ajouter à cet enchantement. Les boutiques et distractions ne manquaient pas. Le temps passa si vite que l'heure du dîner chez Berghoff arriva bientôt. Ils gagnèrent le restaurant main dans la main de peur d'être séparés par la foule. Lindy se rendit compte qu'elle appréciait ce contact, sans vraiment savoir pourquoi.

Ils durent patienter un moment à l'entrée, puis l'hôtesse prit leurs manteaux et les entraîna dans la salle bondée. Un feu de bois crépitait dans la cheminée. L'éclairage tamisé créait une atmosphère intime si ce n'est romantique.

Ils prirent leur temps pour consulter la carte, puis Billy sélectionna un vin local.

— Dan arrive dans un instant, déclara le serveur.

— C'est le patron, expliqua Billy à la jeune femme. Depuis quelques années, c'est aussi mon mentor, en plus d'être un ami.

— J'ai hâte de le rencontrer.

Un repas chez Berghoff était une expérience unique. Les parents de Lindy n'avaient jamais réussi à obtenir une réservation. Lindy s'était gardée de leur révéler où Billy l'invitait au cas où il y aurait un imprévu.

— Dan a de la famille à Chicago, reprit Billy. Leur restaurant était l'un des meilleurs de la ville. Avant de venir à Wenatchee, j'avais un autre établissement à Yakima.

Quand je suis allé voir Dan pour lui parler de mon projet pour le Pressoir, il m'a fait pas mal de publicité. Sa famille est dans le métier depuis longtemps et ses conseils m'ont été précieux.

Lindy avait un souvenir vague du rapport entre le restaurant de Chicago et celui de Leavenworth, naguère, quand elle était étudiante.

— Qu'est devenu ton restaurant de Yakima ?

Elle se demandait combien d'établissements il gérait, au juste. Billy ne répondit pas immédiatement. En voyant Dan venir à leur rencontre, il parut même soulagé. Pourquoi ne souhaitait-il pas parler de Yakima ?

— Will ! Je suis content de te voir, déclara Dan.

Billy se leva pour échanger une accolade avec son ami.

— C'est gentil de nous avoir trouvé une petite place, ce soir.

Dan avait une cinquantaine d'années, une épaisse tignasse poivre et sel, un regard bleu chaleureux et une barbe bien taillée. Il affichait un sourire sympathique.

— Un mercredi soir, c'était faisable. Le week-end, en revanche, c'est mission impossible.

Il observa la bouteille de vin, puis Lindy.

Billy s'assit et prit la main de la jeune femme.

— Je te présente Lindy, dont je t'ai parlé l'autre fois.

— Ah oui, répondit le restaurateur d'un air entendu. Enchanté, Lindy.

— De même. Et merci encore de nous avoir trouvé une table.

— Avec plaisir, ma chère.

Billy se pencha vers elle et fit mine de chuchoter :

— Je ne lui ai pas parlé de ta lettre au Père Noël.

— Quelle lettre ? demanda Dan.

— Quels plats nous conseillez-vous ? lança Lindy en assenant un coup de pied sous la table à son convive.

— Aïe ! s'exclama-t-il en faisant mine d'être blessé. Ce n'est rien, Dan. Je t'expliquerai...

Dan se mit à rire et répondit à la requête de la jeune femme :

— Je vous recommande chaudement les *Rouladen* accompagnées de spätzle et d'une purée de chou rouge. Notre plat signature.

— Je connais les spätzle, mais pas les *Rouladen*, avoua la jeune femme.

— Ce sont de fines tranches de bœuf, de lard et d'oignons roulées autour d'un cornichon. Vous ne le regretterez pas.

— Dans ce cas, je vais vous faire confiance.

En effet, Lindy ne regretta pas sa décision car le dîner se révéla à la hauteur de ses attentes. Quand vint leur dessert, une spécialité du nom de *Donauwelle*, « vague du Danube », Billy lui expliqua qu'il s'agissait d'une génoise à la vanille surmontée de cerises, d'une épaisse couche de crème au beurre et d'une ganache au chocolat. Un délice.

Après le café, Dan les escorta vers la sortie.

— Ce fut un plaisir de vous rencontrer, Lindy, assura-t-il en l'embrassant.

— Attention, plaisanta Billy. Je te vois ! Arrête de jouer les séducteurs.

Lindy ne put masquer un sourire de satisfaction.

— Il a des origines françaises, lui expliqua Billy. Il faut toujours qu'il fasse la bise.

Puis il la prit par la taille et l'entraîna vers la porte donnant à l'arrière du bâtiment où était garée sa voiture. Il dut faire tourner le moteur quelques instants pour dégivrer le pare-brise.

— J'ai passé une journée merveilleuse ! lança Lindy en toute sincérité.

Même la présence fortuite de Celeste et Brian n'avait pas réussi à entacher cette sortie dont elle garderait longtemps un tendre souvenir.

— J'aimerais qu'elle ne finisse jamais, répondit Billy.

— Moi aussi…

— Tant mieux. Faisons une halte au Pressoir. J'aimerais te faire goûter un vin de glace très spécial. L'un de mes préférés. Je pense que tu vas l'adorer.

Le précieux vin de glace était produit à partir de raisins vendangés à des températures négatives, lors des premières gelées, donc très tardivement. Il en résultait un breuvage très doux qui n'était pas du goût de tous, mais Lindy l'appréciait. Présenté dans des bouteilles longues et fines, ce vin était onéreux.

— Volontiers, répondit la jeune femme.

— J'en profiterai pour voir mon remplaçant. Même quand je prends une journée de congé, je fais toujours un saut pour voir si tout va bien.

Lindy sourit. Billy exerçait des responsabilités importantes et travaillait six jours sur sept. Sans doute n'avait-il guère de temps à consacrer à sa vie privée. Il pensait à son restaurant à toute heure du jour et de la nuit, ce qui était compréhensible. Avec lui, elle ne pouvait espérer qu'une aventure, le temps des vacances, et elle l'acceptait sans difficulté.

Il était plus de vingt heures et, au restaurant, c'était le coup de feu. Au bar, il n'y avait plus une place de libre. Billy installa la jeune femme à une table réservée pour lui et s'éloigna pour s'entretenir avec le responsable. Il revint avec une bouteille et deux petits verres qu'il ne remplit pas.

— Mieux vaut ne pas abuser du vin de glace, déclara-t-il. Celui-ci vient de l'État de Washington, dont le climat plus rude est propice. On en produit aussi de délicieux dans la région de Toronto.

Il trinqua avec la jeune femme.

— On porte un toast ? suggéra-t-elle.

— Au Père Noël ?

— Au Père Noël ! s'exclama-t-elle en riant.

Le vin était très doux et bien frais, avec des arômes de miel qui firent naître un sourire sur les lèvres de la jeune femme.

— Tu aimes ? s'enquit Billy.

— Il est délicieux…

La conclusion idéale d'une journée de rêve.

10

TOUS LES JEUDIS, la mère de Lindy gardait Peter, ce qui permit à la jeune femme de passer la matinée avec son neveu, véritable boule d'énergie de quatre ans qu'elle aimait de tout son cœur.

Ashley, l'épouse de Chad, travaillait dans le magasin de loisirs créatifs de ses parents. Au début de sa grossesse, elle était passée à temps partiel et ne s'y rendait que deux jours par semaine. Le jeudi soir, le couple dînait chez Phil et Ellen et en profitait pour récupérer son fils. De son côté, Ashley appréciait ces heures de liberté et de repos.

Pour le dîner, Ellen avait mitonné le plat préféré de Chad, un effiloché de bœuf façon Mississippi. La viande fondante mijotait dans la cocotte. Après une matinée de jeux avec Beau, Lindy avait couché l'enfant pour la sieste. D'abord récalcitrant, il avait cédé en échange de la promesse d'une promenade en luge dans le parc, après Noël. Dès qu'il se fut endormi, la jeune femme rejoignit Peggy.

Après la chasse au trésor gourmande, Peggy avait appris que son amie sortait avec Billy ce mercredi. Naturellement, elle voulait tout savoir. Lindy s'était rendue au bureau de Peggy pour résoudre un problème informatique, cette dernière en avait profité pour inviter la jeune femme à déjeuner. Lindy n'était pas dupe, mais elle avait accepté avec joie car elle était certaine de bien s'amuser.

À son arrivée, Peggy était déjà attablée en vitrine d'un restaurant décoré dans le style des années 1950. Elle se prépara à subir un véritable interrogatoire.

— Salut ! lança-t-elle en s'asseyant en face d'elle.

En passant, elle avait pris la carte sur un vieux jukebox.

— Salut à toi, répondit Peggy avec entrain. Allez, ne me fais pas languir : comment s'est déroulé ton rendez-vous avec Billy ?

— Je peux jeter un coup d'œil au menu, d'abord ?

— Non. Je n'ai qu'une heure pour déjeuner. J'ai déjà commandé pour nous deux. Allez, raconte-moi !

— Qu'est-ce que tu as commandé ?

— Deux salades Cobb. Allez, parle !

Elle inclina la tête et afficha une moue espiègle, comme si le sourire de Lindy en disait long.

— Quoi ? demanda l'intéressée.

— Inutile de te lancer dans un long discours. Il suffit de te regarder pour savoir que c'était génial.

— N'importe quoi ! répliqua Lindy en baissant les yeux de peur que son amie n'y lise ce qu'elle ressentait vraiment.

— Je ne suis pas aveugle, persista Peggy. Tu peux nier autant que tu voudras ! Allez, raconte-moi tout et n'oublie pas les détails croustillants.

— Peggy ! Tu es incorrigible.

— A-t-il… ?

Lindy brandit un index menaçant :

— Je ne suis pas du genre à étaler mon intimité.

— Il t'a embrassée, affirma son amie.

— D'accord, j'admets que j'ai passé une journée merveilleuse.

En vérité, Lindy n'avait pas été aussi heureuse depuis très longtemps.

— Quand est-ce que vous vous revoyez ?

Décidément, Peggy semblait déterminée à lui tirer les vers du nez…

— Parce qu'il t'a invitée à sortir à nouveau, n'est-ce pas ? persista-t-elle.

— Non.

Le restaurant tournait à plein régime en cette période de fêtes. De nombreuses entreprises organisaient un repas de Noël et toutes les tables étaient réservées jusqu'à la fin de l'année. Il était évident que Billy serait débordé et ne pourrait lui accorder que quelques heures à la fois. Et pourtant, il avait pris la peine de lui expliquer la situation en l'invitant à venir au Pressoir quand elle le souhaiterait.

Peggy fit mine de s'offusquer.

— Ne me dis pas que Billy t'a invitée à dîner en tête à tête et que, ensuite, il en est resté là ?

— Si. Tu vas trop vite en besogne, Peggy. Billy voulait me remercier de l'avoir aidé à monter son site, voilà tout.

Pas question pour elle d'évoquer leur baiser lors de la promenade en traîneau, ni les suivants, quand il l'avait raccompagnée chez elle. Cela relevait du privé.

Mais, bien sûr, Lindy finit par céder aux suppliques de Peggy. Elle lui relata les activités de la journée et surtout le dîner, mais garda le silence sur la présence de Celeste et Brian. Si Peggy n'avait pas été aussi inquisitrice, elle se serait confiée à elle sur cette rencontre inopinée. Hélas, son amie la bombardait de questions.

— Tu as un faible pour Billy, avoue-le ! railla-t-elle à l'issue de son récit.

— Tu crois ?

— Et il est manifeste que cette attirance est réciproque. Il faudrait être aveugle pour ne pas voir l'alchimie qui existe entre vous.

Peggy afficha un air entendu et ouvrit les bras pour mimer une explosion.

— Dans le genre Roméo et Juliette ? se moqua Lindy.

— Je ne plaisante pas. J'ai vu la façon dont vous vous regardiez, l'autre soir. Je trouve ça adorable. Vous me donnez presque envie d'avoir un homme dans ma vie.

Elle poussa un soupir si théâtral que Lindy ne put s'empêcher d'éclater de rire.

Enfin, le serveur apporta leurs salades. Après ses excès de la veille, Lindy chipota un peu dans son assiette. Grande et mince, Peggy ne se souciait pas de son apport en calories. Lindy lui enviait cette capacité à dévorer tout ce qu'elle voulait sans prendre un gramme.

— Tu m'as montré tes photos du lycée. Comment fais-tu pour avoir la même silhouette qu'à l'époque ? s'enquit Lindy.

— J'ai la chance d'avoir un bon métabolisme, sans doute, répondit Peggy en haussant les épaules.

— Pour ma part, si je continue à manger autant qu'hier, je ne rentrerai plus dans mon jean.

Elle décrivit le gâteau qu'elle avait dégusté chez Berghoff, la veille.

— C'est appétissant, admit Peggy.

— Je me suis régalée.

— N'essaie pas de détourner la conversation, prévint Peggy en plissant les yeux d'un air soupçonneux.

— Je ne l'ai pas fait exprès. Écoute, j'ai passé une excellente journée avec Billy, mais cela s'arrête là. Je te rappelle que je ne suis ici que pour les fêtes. Je retourne à Seattle après le Nouvel An. Billy en est conscient. Ce qui pourrait se passer ne durera pas plus longtemps.

— Il faut absolument que tu rentres à Seattle ? s'enquit Peggy avec une moue boudeuse.

Cette question prit Lindy au dépourvu. Elle n'y avait pas réfléchi une seconde. Rester à Wenatchee ? Étonnamment, cette idée lui semblait plutôt attrayante. Ses retrouvailles avec Peggy et Billy y étaient pour beaucoup. Toutefois, Lindy chassa vite cette pensée. Si Media Blast validait son projet, elle ne pourrait quitter l'entreprise, pas après les heures de travail qu'elle avait fournies.

— Tu es en droit de poser la question, répondit-elle. Sache toutefois que ma vie est à Seattle. Je ne peux résilier le bail de mon appartement avant six mois. Même si je le voulais, je ne pourrais pas déménager immédiatement. De plus, j'ai décroché un poste en or chez Media Blast.

— Tu m'as pourtant affirmé que tu n'étais pas reconnue à ta juste valeur professionnelle.

C'était la vérité, mais Lindy était déterminée à faire ses preuves grâce à la qualité de son travail.

— J'ai réfléchi, reprit Peggy, la mine plus grave. J'ai regardé ce que tu avais réalisé sur le site de Billy et je trouve cela formidable. Tu n'as jamais songé à devenir consultante ? À être indépendante ?

Lindy secoua négativement la tête.

— Je connais plusieurs entreprises ayant besoin d'actualiser leur site Web. Il existe une véritable demande dans ce domaine.

— C'est impossible tant que je travaille chez Media Blast.

— Dans ce cas, ne travaille plus pour eux ! Reviens vivre à Wenatchee et vole de tes propres ailes. Je suis sûre que tu réussirais.

Si elle y avait déjà songé, Lindy n'était pas disposée à franchir un tel pas, de peur de tout perdre.

— Je n'ai pas le réseau nécessaire.

— Moi si. Je t'aiderais. J'ai beaucoup de relations, déclara Peggy comme si elle ne parlait pas d'un changement de vie majeur.

— Désolée, c'est non, persista Lindy. Du moins dans l'immédiat.

Peggy ne put que respecter son choix.

À l'issue de sa pause déjeuner, elle regagna son bureau. Lindy fit quelques courses pour sa mère. Au moment où elle franchissait le seuil de la maison, elle reçut un texto.

De Billy.

J'ai trouvé ton gant dans la voiture.
Tu es chez toi ?

Oui.

À tout de suite.

C'était une surprise. En partant rejoindre Peggy, elle avait remarqué l'absence d'un gant rouge. Persuadée de l'avoir oublié dans la voiture, elle s'était promis d'interroger Billy quand elle le reverrait. Elle serait allée le chercher au restaurant pour lui éviter de se déplacer, mais s'il souhaitait venir, c'était aussi bien.

— Tata, tu es rentrée ! s'exclama Peter en se précipitant vers elle.

Beau se mit à aboyer pour lui souhaiter la bienvenue. Il l'accueillait toujours avec enthousiasme et quémandait des caresses.

Lindy posa son sac à main et ses provisions pour prendre son neveu dans ses bras.

— Tu t'es bien reposé, mon grand ?

Peter hocha la tête d'un air grave.

— Tu l'as épuisé, intervint sa mère, dans la cuisine.

— Billy va passer, annonça la jeune femme avant de se diriger vers sa chambre, Peter et Beau sur les talons.

— C'est qui, Billy ? s'enquit le petit garçon.

— Un ami.

— Il aime bien jouer dans la neige ?

— Je ne sais pas. Tu n'auras qu'à lui poser la question.

— D'accord.

Désireuse d'être à son avantage, Lindy retoucha son maquillage et se recoiffa. Alors qu'elle appliquait du brillant à lèvres, elle entendit le carillon de la porte d'entrée. Presque aussitôt, Peter demanda à Billy s'il voulait faire de la luge avec eux. Lindy leva les yeux au ciel. Seigneur ! Elle ne s'attendait pas à cette intrusion de son neveu. Elle se promit de tout expliquer à Billy.

Elle prit une profonde inspiration et se concentra. Il serait tellement plus simple de suivre les élans de son cœur ! Hélas, elle ne pouvait succomber à Billy, se répéta-t-elle pour la millième fois. Cette romance ne pouvait être que temporaire. Billy avait un restaurant à gérer et elle ne pouvait rester que le temps de ses vacances.

Sa mère avait invité Billy dans la cuisine, où elle les rejoignit. Billy était attablé devant un café tandis qu'Ellen disposait des biscuits sur une assiette. Peter grignotait un cookie en regardant un dessin animé au salon. Beau semblait monter la garde près de l'enfant.

— Ah, voici Lindy.

— Salut, dit la jeune femme, un peu gênée, sans trop savoir pourquoi.

Leurs regards se croisèrent. Elle avait l'impression qu'ils ne s'étaient pas vus depuis des années. Son cœur se mit à battre à tout rompre dans sa poitrine.

— Je t'ai rapporté ton gant, déclara-t-il d'une voix troublante.

Ce fut comme s'il tenait son cœur entre ses mains, ce qui était sans doute le cas. La situation était périlleuse à bien des égards.

Elle se rappelait avoir perdu ce gant lorsqu'ils s'étaient embrassés dans la voiture. Elle avait ressenti le besoin d'enfouir les doigts dans ses cheveux. Elle avait ôté ses gants à la hâte pour les fourrer dans la poche de son manteau. À en juger par son regard, Billy revivait ce moment, lui aussi.

— Ce doit être l'heure creuse, au restaurant, répondit-elle en s'efforçant de se détourner.

Il hocha la tête.

Ellen posa l'assiette de biscuits sur la table et reprit ses occupations.

— Je ne sais pas ce que vous êtes en train de préparer, madame Carmichael, mais cela sent délicieusement bon.

— Chad et Ashley viennent dîner, expliqua Lindy. Mon frère adore l'effiloché de bœuf façon Mississippi.

— J'avoue que je ne connais pas cette recette.

— J'y ajoute du chili, expliqua Ellen en reposant le couvercle sur sa cocotte.

— J'ignorais que c'était une spécialité du Mississippi, commenta Billy.

Lindy s'était souvent posé la même question.

— Moi aussi, dit-elle.

— Et si tu dînais avec nous, Billy ? suggéra sa mère en se tournant vers lui. Cela nous ferait plaisir.

Billy guetta la réaction de Lindy.

— Tu pourrais te libérer ? s'enquit-elle avec espoir.

Néanmoins, elle ne voulait pas lui mettre la moindre pression car elle le savait très occupé.

— Vers six heures, ajouta Ellen.

Billy posa une main sur celle de Lindy.

— Je suppose que je peux m'absenter le temps d'un repas. Je suis sur le pont depuis huit heures ce matin. J'ai grand besoin d'une pause.

Ravie qu'il soit disposé à s'absenter, Lindy serra sa main dans la sienne.

— Tant mieux !

De peur qu'il ne se sente obligé d'accepter l'invitation, elle ajouta :

— Tu es sûr que cela ne te dérange pas ?

— Certain. Le restaurant m'accapare trop souvent. Il faudrait que je prenne un peu plus de temps pour moi. Du temps pour nous, précisa-t-il dans un murmure si discret qu'elle douta d'avoir bien compris.

— Et pour Noël ? s'enhardit-elle. Je sais que tu es invité chez ta sœur, mais tu pourrais faire un saut ici, peut-être…

— Avec plaisir.

— Ce serait bien, confirma-t-elle, ravie de cette occasion de passer une partie de la journée en sa compagnie.

— Tu ne connaîtrais pas quelqu'un qui serait d'accord pour jouer le rôle du Père Noël, par hasard ? ajouta Ellen à voix basse pour ne pas être entendue de Peter.

— Si, répondit Billy.

— C'est la première année où Peter y croit vraiment. J'aimerais tant que le Père Noël vienne à la maison. Je sais que c'est beaucoup demander à un parfait inconnu, mais je suis prête à lui verser un dédommagement raisonnable.

— Je doute qu'il accepte de l'argent. En réalité, je suis certain qu'il refusera.

— De qui s'agit-il ? interrogea Ellen.

Billy afficha un large sourire.

— Il est devant vous, répondit Billy. J'ai déjà un costume car je joue ce rôle pour les enfants de Dede. J'ai acheté cette tenue l'an dernier et j'ai déjà fait une apparition lors d'une fête organisée au restaurant.

— Billy ! s'exclama Lindy en riant. Tu possèdes bien des ressources. Quelles sont tes autres qualités ?

— Elles sont nombreuses, murmura-t-il, le regard pétillant. Je me ferai un plaisir de te les montrer, un jour.

— J'ai hâte, souffla-t-elle.

Le téléphone de Billy émit un signal annonçant un texto.

— Je dois retourner au restaurant, annonça-t-il après l'avoir lu.

— Je te raccompagne, proposa Lindy.

Sa mère fit semblant de s'affairer dans la cuisine. Dès qu'ils eurent quitté la pièce, main dans la main, Billy prit la jeune femme dans ses bras.

— Je n'arrête pas de penser à toi, Lindy. En retrouvant ton gant, je me suis dit que c'était un prétexte idéal pour te revoir.

— Tu n'as pas besoin de prétexte pour me voir, Billy.

— J'ai très envie de t'embrasser, avoua-t-il en plongeant dans son regard.

Au souvenir de leurs baisers ardents de la veille, la jeune femme ferma brièvement les yeux.

— Et moi, j'ai très envie de te laisser faire…

Billy s'empara de ses lèvres avec une tendresse infinie. Une onde de chaleur se propagea dans son corps tout entier. Elle enroula les bras autour de sa taille et se hissa sur la pointe des pieds pour se lover contre lui. Elle décela sur ses lèvres la saveur du cookie au gingembre qu'il venait de déguster.

Lorsqu'ils se séparèrent enfin, elle s'attarda dans ses bras. Billy posa le front sur le sommet de la tête de la jeune femme.

— Dis-moi que je ne suis pas le seul à ressentir cela, Lindy. J'ai besoin de l'entendre.

— Tu n'es pas le seul.

Elle le sentit soupirer de soulagement. En dépit des bonnes résolutions de Lindy sur la nature éphémère de leur relation, elle avait la fâcheuse impression que les choses n'allaient pas être si simples. C'était dangereux aussi bien pour elle que pour lui. Mieux valait rappeler à Billy qu'elle retournerait à Seattle à la fin de ses vacances.

Mais pas maintenant…

11

Lorsque Chad et Ashley arrivèrent, Peter s'empressa se raconter sa journée à ses parents. Il précisa que sa tante lui avait promis de faire de la luge avec lui après Noël.

— Tu es bien courageuse ! commenta Chad.

— Et avec Billy aussi ! ajouta l'enfant.

Chad interrogea sa sœur du regard.

— Peter l'a convié, expliqua-t-elle, tout en se rendant compte qu'elle espérait qu'il puisse se libérer.

La famille réunie se mit à bavarder gaiement de leurs projets. Peter prit Lindy par la main et l'entraîna vers la crèche qu'Ellen avait disposée sur une tablette, près du sapin. L'enfant était fasciné par les figurines.

— Pourquoi le petit Jésus a dû dormir sur de la paille ?

— Parce qu'il n'y avait plus de place à l'auberge.

— Il faisait froid, dans cette étable ?

— Je suis sûre qu'il a très bien dormi car il était bien entouré.

— Tant mieux… Tata Lindy, reprit-il en serrant sa main dans la sienne, tu savais que le Père Noël va venir à la maison ?

— Tu lui as envoyé une lettre pour lui commander des jouets ? s'enquit-elle, attendrie par son expression teintée d'innocence et d'impatience à la fois.

— Je ne sais pas encore écrire, sauf mon nom !

— J'ai vu ça et je suis très impressionnée. Tu grandis si vite !

— J'aime bien l'école.

Peter fréquentait l'école maternelle trois jours par semaine. Il apprenait très vite et ne cessait de l'étonner.

— Tu t'es bien amusé à confectionner une guirlande avec les bandes de papier que je t'ai envoyées ?

— Lindy, il a adoré ce coffret, intervint Ashley en les rejoignant.

En ce dernier tiers de grossesse, son ventre s'arrondissait de jour en jour, comme lorsqu'elle attendait Peter. Si elle avait un jour des enfants, Lindy espérait… Elle se ressaisit. D'où lui venaient de telles pensées ? C'était absurde.

— Peter et Chad ont façonné la guirlande ensemble.

— On l'a mise sur le sapin ! précisa fièrement le petit garçon. C'est très beau.

Lindy en fut très touchée, elle avait commandé ce coffret pour son neveu avec la certitude de lui faire plaisir.

Le soir venu, la table du dîner était dressée. Seul Billy manquait à l'appel. Ellen se tourna vers sa fille comme pour lui demander conseil.

— Tu penses qu'il faut attendre encore un peu ?

Billy sonna à la porte à cet instant précis.

Au fil du repas, Lindy fut impressionnée par l'aisance de leur invité, qui semblait particulièrement à l'aise avec son père. Une personne extérieure aurait juré qu'il faisait partie de la famille. Chad, Ashley et Peter avaient prévu de passer le réveillon du 24 chez les parents d'Ashley. L'année suivante, ils feraient le contraire afin de ménager les deux familles. Le matin du 25, Chad, Ashley et leur fils restaient entre eux afin d'établir leurs propres traditions familiales. Ensuite, ils viendraient partager le déjeuner de Noël et échanger des cadeaux.

Lindy était consciente des trésors de diplomatie qu'il fallait déployer pour satisfaire tous les grands-parents. Les Carmichael avaient trouvé un bon arrangement avec la belle-famille de Chad.

Ce dernier bavardait avec Billy comme s'ils étaient des amis de longue date. Assise à côté de leur invité, Lindy se réjouissait de l'accueil qu'ils lui avaient réservé. Il prit sa main dans la sienne pour exprimer son plaisir d'être avec elle.

Naturellement, la lettre au Père Noël d'autrefois fut évoquée, ce qui valut à Lindy bien des railleries, mais la jeune femme se laissa prendre au jeu et rit de bon cœur.

Trop vite, Billy dut prendre congé en renonçant au dessert. Lindy le raccompagna à la porte. Il l'entraîna à l'extérieur et l'enlaça pour l'embrasser. Il commençait à y prendre goût. Si elle restait en ville beaucoup plus longtemps, elle ne pourrait plus s'en passer.

Pour la centième fois, elle se répéta qu'elle rentrerait bientôt à Seattle. Hélas, elle avait de plus en plus de mal à se faire une raison. Chaque fois qu'il l'embrassait, elle sentait sa détermination s'ébranler.

— Tu feras un saut au restaurant, plus tard ? demanda-t-il en posant les mains dans le bas de son dos.

Comment résister à ce regard plein de chaleur et d'espoir ?

— Tu risques d'être très occupé…

— Je trouverai un instant à te consacrer, ne serait-ce que quelques minutes.

Lindy accepta avec joie car elle avait envie de passer du temps en sa compagnie.

— Je ne pourrai peut-être pas m'éclipser avant dix heures, ce soir.

— Viens quand tu peux, ce sera très bien.

Comme lui, Lindy était disposée à se contenter de moments volés. Elle souhaitait aider sa mère et profiter aussi longtemps que possible de la présence de Chad, Ashley et Peter. Ce dernier devant se coucher relativement tôt, le couple ne s'attarderait sans doute pas au-delà de vingt et une heures.

Après le départ de Billy, Lindy débarrassa la table et s'affaira à ranger la cuisine. Tandis qu'elle remplissait le lave-vaisselle, Peter chercha à capter son attention. Ellen prit le relais de sa fille pour lui permettre de jouer avec son neveu.

Très éveillé, Peter s'exprimait très bien.

— Tu vas habiter avec nous, Tata Lindy ? demanda-t-il en s'asseyant près d'elle, un livre à la main.

— Je vis à Seattle, tu sais.

— Tu pourrais vivre ici.

— J'ai un appartement, là-bas, expliqua-t-elle avec une patience d'ange.

— Tu trouveras un autre appartement ici, poursuivit Peter en toute logique.

Il leva vers elle un regard implorant.

— J'ai aussi un travail, là-bas. Je me rends au bureau chaque jour, comme ton papa. Mes collègues ont besoin de moi. Je leur manquerais si je partais.

Si seulement c'était la vérité ! En vérité, elle ne manquerait sans doute à aucun membre de l'équipe de Media Blast.

— Tu travaillerais ici, comme Papa et Maman…

Au lieu de se lancer dans des explications, Lindy ouvrit le livre.

— Un jour, peut-être, conclut-elle pour couper court à cette conversation et rassurer l'enfant.

— Quand Maman dit « un jour », ça veut dire non, geignit-il.

Lindy se mit à rire. Il était vraiment très perspicace…

— Alors ? On la lit, cette histoire ? demanda-t-elle pour détourner la conversation.

— D'accord…

C'était un conte classique qu'elle adorait étant petite. L'ouvrage était si usé que certaines pages avaient été scotchées car la reliure avait cédé.

En lisant, Lindy observa Peter du coin de l'œil. Peu à peu, elle vit ses paupières se fermer, même s'il luttait pour ne pas s'endormir. Lorsque la jeune femme tourna la dernière page du livre, le petit garçon était profondément endormi contre elle.

Chad vint s'asseoir en face de sa sœur.

— Parle-moi de Billy et toi, lança-t-il sans tourner autour du pot.

— Que veux-tu que je te raconte ? On a repris contact et j'apprécie sa compagnie.

— C'est du sérieux, vous deux ?

— Non ! s'exclama-t-elle en feignant la désinvolture. On passe de bons moments le temps de mes vacances, rien de plus.

— Tu en es certaine ? J'ai vu sa façon de te regarder, pendant le dîner. Les yeux de l'amour !

— Mais non…

Chad devait plaisanter. Certes, elle avait beaucoup vu Billy depuis son arrivée. Davantage que ses parents et Peggy. Toutefois, il ne pouvait être amoureux d'elle.

— Sois prudente, prévint son frère, la mine grave.

— Tu te fais des idées, petit frère. Billy est accaparé par son restaurant. Il sait pertinemment que je ne suis là que le temps des fêtes.

— Ce n'est pas Billy qui m'inquiète, c'est toi.

— Moi ? s'esclaffa-t-elle, incrédule.

— Oui, toi. J'ai remarqué le regard de Billy… et le tien, qui en disait long. Je sais combien la trahison de Celeste et Brian t'a bouleversée. Je ne te l'ai jamais dit, mais je me suis toujours méfié de Brian. J'étais certain qu'il finirait par montrer son véritable visage. Quoi qu'il en soit, j'aime bien Billy et je pense que tu pourrais envisager une relation sérieuse avec lui.

Ce commentaire la fit réfléchir. Son frère avait peut-être raison. Et si elle s'exposait à un nouveau chagrin d'amour ? Son expérience malheureuse avec Brian lui avait pourtant servi de leçon. Cette aventure avec Billy n'était au départ que… quoi, au juste ? Elle ne le savait pas vraiment car leur histoire remontait à leur enfance, à l'époque de cette lettre au Père Noël.

Lors de leur journée à Leavenworth, il s'était passé quelque chose de particulier entre eux. La promenade en traîneau, l'entretien avec le Père Noël… leurs baisers.

Ah, ces baisers…

— Lindy… reprit Chad, l'interrompant dans ses pensées. J'espère que je ne t'ai pas blessée.

— Non. Tu m'as fait réfléchir. Tu sais, je n'ai aucune intention de m'engager sérieusement avec Billy. Cela ne fonctionnerait pas pour les raisons que j'ai déjà citées.

— Dommage. Vous formez un beau couple, je trouve.

Ashley vint se poster à côté de son mari, une main sur son ventre rond.

— Il est temps de rentrer, déclara-t-elle. Je serais bien restée, mais Peter est épuisé, et moi aussi. Les deux jours à venir promettent d'être animés.

Chad se leva et prit délicatement son fils dans ses bras. Ashley lui fit enfiler son manteau sans le réveiller. Les parents de Lindy les raccompagnèrent en confirmant l'heure prévue de leur venue, le jour de Noël.

Ellen, qui avait passé l'après-midi à préparer le repas, étouffa un bâillement.

— Assieds-toi, Maman. Je vais te préparer une tisane.

— C'est gentil, chérie.

Sans discuter, Ellen s'installa dans son fauteuil, au salon, et prit son tricot. En voyant ses parents devant la télévision, Lindy décida d'aller voir Billy.

— Je sors un moment, annonça-t-elle.

Phil hocha la tête, nullement étonné.

— On l'aime bien, Billy ! lança-t-il pour l'informer qu'il savait où elle se rendait.

Face au sous-entendu à peine voilé de son père, elle crut bon de clarifier la situation :

— Il n'y a rien de sérieux, entre nous.

Phil et Ellen se tournèrent vers elle pour la dévisager sans un mot. Leur expression était évocatrice. La jeune femme eut l'impression que ses parents et son frère possédaient des informations qui lui échappaient.

Suite aux réactions de sa famille, Lindy aurait sans doute dû éviter le restaurateur. Elle faillit lui envoyer un texto en invoquant un prétexte pour ne pas le voir. Toutefois, se dit-elle, ce n'était pas très correct, après avoir accepté. De plus, en route pour le Pressoir, Lindy admit qu'elle avait envie de voir Billy. Le nier serait se mentir.

Le parking était complet, ce qui n'était pas bon signe. Billy ne pourrait sûrement pas se libérer. Loin de décourager Lindy, ce constat ne fit que la motiver.

Elle le trouva derrière le bar, en train de servir des consommations pour seconder son barman. En voyant la jeune femme, il sourit et adressa quelques mots à son employé.

Lindy s'installa en attendant Billy. Au bout de quelques minutes, un serveur vint à la rescousse.

— Il y a du monde, ce soir, déclara la jeune femme lorsque Billy la rejoignit.

— L'activité va se calmer un peu après le Nouvel An, quand les gens recevront leurs relevés de compte et redescendront sur terre.

L'année précédente, Lindy avait en effet eu une mauvaise surprise en prenant conscience des dépenses qu'elle avait effectuées. Elle avait dû manger des nouilles pendant un mois, le temps de renflouer son compte.

— Tu devrais t'occuper de tes clients. On se verra demain.

Billy la prit par la main et secoua négativement la tête.

— Je me moque du nombre de clients. Je ne veux pas que tu partes.

Ces paroles la frappèrent en plein cœur. La mise en garde de son frère lui revint en mémoire. Il était temps pour elle d'admettre qu'elle risquait de tomber amoureuse de Billy Kincade.

— Qu'as-tu prévu pour demain ? s'enquit-il.

Mille pensées se bousculèrent dans l'esprit de Lindy, qui ne répondit pas immédiatement.

— Peggy m'a appelée pour me proposer un projet un peu fou dont elle n'a rien voulu me dire au téléphone. Je dois prendre un café avec elle. J'irai aussi à la messe de Noël avec mes parents, dans la soirée.

— Tu penses trouver un créneau pour moi ?

Il aurait été raisonnable de lui répondre qu'elle ne pouvait le voir en cette journée du 24 décembre, mais elle n'en fit rien. Oubliant ses bonnes résolutions, elle acquiesça. Elle était incapable de le repousser.

— Accorde-moi une demi-heure et je reviens, dit-il en l'embrassant sur le front.

— D'accord.

Billy s'éloigna pour vaquer à ses occupations. Au bout de quelques minutes, un serveur apporta un verre de vin rouge à la jeune femme. En observant la salle bondée, elle remarqua qu'un groupe demandait l'addition. Après son départ, un calme relatif s'installa. La jeune femme put enfin entendre la musique de Noël.

Billy revint s'attabler avec elle, visiblement épuisé après cette longue journée. Si seulement elle pouvait faire quelque chose pour alléger sa charge de travail…

— Je voulais te parler des compliments que j'ai reçus sur mon nouveau site Web, déclara-t-il.

— C'est génial.

— Plusieurs amis m'ont demandé qui l'avait conçu. Naturellement, je ne leur transmettrai ton nom que si tu es d'accord.

— Je regrette, mais je ne reste pas longtemps en ville. Désolée.

Billy lui prit la main et l'observa comme s'il s'agissait d'une énigme à résoudre.

— Tu retournes à Seattle ?

— Bien sûr ! C'est là-bas que je vis et que je travaille.

Il hocha la tête. Il ne pouvait avoir oublié ce détail qui n'en était pas un…

Lindy préféra détourner la conversation de peur de s'aventurer sur un terrain glissant.

— Alors, qu'est-ce que tu fais, pour Noël ? demanda-t-elle avec un entrain presque forcé.

Billy ne fut pas dupe de sa manœuvre.

— Je vais chez ma sœur et sa famille. Ta mère m'a indiqué à quel moment je devais passer en déguisement de Père Noël pour saluer Peter. Sinon, je n'ai rien de prévu.

— Et ta mère ?

— Elle est morte depuis trois ans, répondit-il tristement.

— Oh, pardon… je l'ignorais.

— Elle ne s'était pas remariée. Elle a travaillé sa vie entière et, au moment où elle allait pouvoir profiter d'une retraite méritée, elle a attrapé ce maudit virus dans les poumons. Ce fut très soudain. Elle est partie avant même de se rendre compte de la gravité de son état.

— Tu as eu des contacts avec ton père, durant ces années ? Excuse-moi, je suis indiscrète. Je n'aurais pas dû te demander cela…

Billy crispa les poings, une réaction inconsciente à la mention de son père.

— Il s'est remarié après nous avoir quittés, ce fameux Noël, et il a fondé une nouvelle famille. Il voulait repartir de zéro. Maman, Dede et moi faisions partie d'un passé qu'il a effacé de sa mémoire. Nous n'existions plus pour lui. Dede lui a tendu la main plusieurs fois mais il lui a clairement signifié qu'elle n'était pas la bienvenue.

Lindy en eut le cœur gros.

— C'est un rat ! persifla-t-elle dans un élan de compassion pour Billy.

— Il est parti, lui aussi. Il a péri lors d'un accident de bateau sur le fleuve Columbia. Un autre bateau a percuté le sien qui a sombré. On a retrouvé son corps quelques jours plus tard. C'est ma mère qui l'a lu dans le journal et qui nous l'a appris.

Lindy n'éprouvait que de la révulsion pour cet homme qui avait brisé l'enfance de sa fille et de son fils.

— En réalité, reprit Billy en baissant les yeux, il nous a rendu service en partant. Ce n'était pas évident, à l'époque. Nous avons d'abord vécu chez nos grands-parents, puis Maman a trouvé un petit logement. Elle cumulait deux emplois pour subvenir à nos besoins. Dede et moi avons dû grandir trop vite. Nous avons appris la valeur de l'argent et du travail. Quand il était avec nous, nous vivions dans la peur de ses coups de colère. Nous étions plus heureux sans lui.

Lindy n'en doutait pas une seconde. Quelle chance elle avait d'avoir grandi entourée de deux parents aimants, un couple uni à l'image de celui qu'elle espérait former un jour avec l'homme de sa vie...

De nouveaux clients se présentèrent. Billy n'allait pas tarder à se remettre au travail.

— Je vais rentrer, annonça-t-elle. Tu veux que je passe à quelle heure, demain ? s'enquit-elle.

— Quand tu voudras. Je serai là toute la journée.

— Tu ne fermes pas pour la veille de Noël ?

— Les réservations sont au complet.

Elle sentit qu'il aurait aimé fermer le restaurant de bonne heure, dans son intérêt et celui de son personnel, mais comment refuser des clients ? D'autant que sa situation financière demeurait incertaine.

— Je te raccompagne à ta voiture.

— Billy, ce n'est pas nécessaire... Tu es débordé.

— Pas au point de ne pas pouvoir te raccompagner, insista-t-il.

Il commençait à neiger.

— J'adore quand il neige à Noël, commenta Lindy en regardant les flocons voleter dans le ciel.

Billy ouvrit la portière et, dès qu'elle fut installée au volant, il se pencha pour l'embrasser.

— Dors bien…

— Toi aussi, murmura-t-elle.

Billy s'attarda sur le parking, sous la neige, tandis qu'elle s'éloignait. Dans l'allée de la maison de ses parents, elle entendit sonner son téléphone. En lisant le nom affiché sur l'écran, elle hésita un instant. Elle ne trouva le courage de répondre qu'au bout du troisième appel.

— Bonsoir, Celeste, énonça-t-elle d'un ton qui se voulait posé.

12

— Joyeux Noël, lança Celeste, hésitante.

À l'entendre, elles étaient encore les meilleures amies du monde. Comme si sa trahison avec Brian n'était qu'un incident sans importance ! Lorsque Lindy les avait croisés, à Leavenworth, la présence de Billy lui avait donné de l'assurance, mais à présent, incapable de prononcer un mot, la jeune femme garda le silence.

Celeste fit mine de ne pas remarquer la réticence de Lindy.

— Tu es dans ta famille ? s'enquit-elle.

— Oui, parvint-elle à énoncer.

Lindy songea au sermon du pasteur sur le pardon, le dimanche précédent. En quittant l'église, la jeune femme s'était sentie soulagée d'un grand poids. La voix de l'amie qui l'avait trahie la déstabilisait.

— Moi aussi, déclara Celeste. Noël est une fête familiale, non ?

— En effet.

Elle n'avait fait aucune allusion à Brian et Lindy n'avait pas l'intention de lui demander de ses nouvelles.

— Brian est chez sa mère, continua Celeste.

Se sentait-elle obligée d'apporter cette précision ?

Les parents de Brian avaient divorcé quand il était encore au lycée et, depuis, sa mère vivait seule. Brian la soutenait et refusait tout contact avec son père. D'après les informations de Lindy, il ne l'avait pas vu depuis des années.

La jeune femme ne savait que dire, à part demander à Celeste pourquoi elle lui téléphonait, surtout à cette heure tardive.

— Je ne comprends pas très bien la raison de ton appel, avoua-t-elle.

Ce ne pouvait être uniquement pour l'informer qu'elle ne passait pas les fêtes avec Brian…

Le silence pesant qui suivit la mit mal à l'aise. Celeste avait été sa meilleure amie pendant dix ans. Elles avaient échangé des confidences, des vêtements, elles avaient vécu comme deux sœurs. Perdre Brian était une chose. Sans doute auraient-ils fini par rompre, à la longue. En revanche, sa brouille avec Celeste était plus douloureuse car il était difficile de remplacer une meilleure amie.

— Brian et moi avons été surpris de te croiser à Leavenworth. J'aurais voulu te parler, sincèrement. Hélas, je n'ai pas trouvé les mots.

Lindy la comprenait car elle avait reçu un choc, elle aussi, en apercevant le couple. Mais même si l'épisode était tout récent, il s'était passé tant de choses que Lindy l'avait déjà presque oublié.

— Tu avais une mine superbe, reprit Celeste. Et cet homme avec qui tu étais est vraiment canon.

— Je connais Billy depuis l'école primaire.

— Vous aviez l'air heureux.

— Je le suis, admit-elle en toute sincérité.

— Tant mieux. Cela me rassure.

— Écoute, Celeste, je ne sais pas pourquoi tu m'appelles, mais je t'en remercie.

— Ah bon ? répondit-elle avec appréhension, comme si elle s'attendait à une réflexion désagréable.

— Oui, car je tiens à ce que Brian et toi sachiez à quel point vous m'avez fait mal. J'ai subi cette blessure jusqu'au moment où j'ai compris que le seul moyen de m'en sortir était de vous pardonner et de tourner la page. Et c'est ce que je fais. Je vous souhaite le meilleur à tous les deux et je suis sincère. Alors, joyeux Noël, Celeste. Et merci d'avoir appelé.

— Attends ! J'ai dû boire une demi-bouteille de vin pour trouver le courage de t'appeler… laisse-moi te dire au moins une chose.

— D'accord… concéda Lindy malgré son envie de raccrocher.

— Je regrette tellement ! J'aurais dû te parler de Brian et moi. Je voulais le faire, vraiment ! La façon dont tu as découvert que nous étions en couple est horrible. On aurait dû t'en informer avant que tu ne passes à l'appartement.

Celeste n'avait pas idée de la violence du choc qu'elle avait ressenti en découvrant qu'ils étaient ensemble.

— Écoute, si c'est mon pardon que tu recherches, je te l'accorde. La vie continue. J'aurais dû comprendre plus tôt ce qui se tramait dans mon dos. Je n'ai pas vu ce qui se déroulait sous mon nez.

Après sa cruelle découverte, elle s'en était voulu d'avoir été aussi aveugle et crédule. Quelle idiote !

— Je… je ne mérite pas ton pardon.

— Rassure-toi, je l'ai fait pour moi car ma colère me faisait du mal.

Il était manifeste que Celeste se sentait terriblement coupable.

— Merci, murmura-t-elle. Si tu savais à quel point je suis désolée...

Lindy ne doutait pas de la sincérité de ses regrets. Comme il était libérateur de lui dire qu'elle lui pardonnait !

— J'accepte tes excuses. À présent, il faut tourner la page pour aller de l'avant.

— Encore une chose, ajouta Celeste. J'ai besoin de te le dire avant de raccrocher.

— Je t'écoute.

— Tu es la meilleure amie que j'aie eue. Je me rends compte que notre amitié ne sera plus la même et j'en prends l'entière responsabilité. Néanmoins, j'espère que, un jour, nous pourrons renouer.

— L'avenir le dira.

— Le temps guérit les peines, non ? Ma mère le disait souvent. Lindy, tu es douée et intelligente. Tout ce que tu entreprendras sera couronné de succès.

— Merci, répondit Lindy, qui se sentait soudain plus forte.

— Voilà, j'ai dit ce que j'avais à dire. Au revoir.

— Au revoir, Celeste.

La maison était plongée dans le silence. Ses parents étaient couchés. Cet échange avec Celeste avait troublé la jeune femme. Elle aurait du mal à trouver le sommeil. Dans sa chambre, elle enfila un pyjama chaud et douillet. Elle avait perdu l'habitude de ces nuits froides. Dans son lit, elle consulta les réseaux sociaux et ses jeux en ligne préférés. En réalité, elle ne faisait que passer le temps en attendant d'être trop fatiguée pour continuer. Sans réfléchir, elle envoya un texto à Peggy :

Tu es réveillée ?

N'obtenant pas de réponse, elle se dit que Peggy dormait. Rien de plus normal, à une heure du matin. Quiconque travaillait devait être plongé dans un sommeil réparateur. Et Billy ? Elle hésita un instant avant de lui envoyer un texto, au cas où.

Tu es rentré chez toi ?

Oui. Qu'est-ce qui se passe ?

Elle ne pouvait admettre qu'il lui manquait. Avant qu'elle ne puisse de ressaisir, son téléphone se mit à sonner.

C'était Billy.

— Tu es réveillée ? Je pensais que tu serais couchée depuis un moment, dit-il.

— Je sais. Moi aussi.

Au ton de sa voix, il dut sentir qu'elle était troublée.

— Qu'est-ce qui te tracasse ? demanda-t-il.

Elle regretta aussitôt de l'avoir dérangé, d'autant qu'il était débordé de travail, en cette période.

— Tu dois être fatigué. On se reparlera plus tard.

— Parlons-en maintenant, proposa-t-il avec douceur.

Malgré son épuisement, il voulait la réconforter. Elle se sentit coupable, elle ne pouvait abuser de sa bienveillance après une journée aussi chargée.

— Je n'aurais jamais dû…

— Lindy !

Billy n'était pas disposé à accepter ses excuses. Lindy avait grand besoin d'une oreille attentive. Aussi brièvement que possible, elle lui relata sa conversation avec Celeste.

— J'ai l'impression que ton amie est rongée par les regrets, commenta-t-il.

— Lui pardonner m'a fait du bien, ça m'a libérée. Tu sais, Billy, j'étais sincère.

Elle était heureuse d'avoir pu dire à Celeste qu'elle avait tourné la page. Néanmoins, le pardon était une chose, la réconciliation en était une autre.

— Tu crois qu'elle t'a appelée parce qu'elle nous a vus hier ? s'enquit-il.

— Elle en a parlé, en effet.

Elle se garda toutefois de préciser que Celeste le trouvait « canon ».

— Nous a-t-elle vus nous embrasser ? Cela a dû lui faire un choc.

Lindy l'ignorait. Quoi qu'il en soit, c'était elle qui avait été la plus choquée dans cette histoire.

— C'est possible. Je ne sais pas ce qu'elle a vu, au juste. Elle n'en a rien dit.

— Je croyais que tu m'avais demandé de t'embrasser afin qu'ils nous voient, justement.

Le souvenir de ce baiser fit naître un sourire sur les lèvres de la jeune femme.

— Il me semble que tu ne t'es pas fait prier pour accéder à ma requête.

— En effet... Ah, ce baiser... je dois t'avouer qu'il m'a retourné.

— Moi aussi, admit-elle, soudain parcourue d'une onde de chaleur. Tous les baisers que nous avons échangés ont produit sur moi le même effet.

Elle n'aurait pas dû tenir ces propos. N'avait-elle pas décidé que leur amourette ne survivrait pas au-delà des fêtes ? Hélas. À Seattle, il lui restait six mois de bail à respecter, sans parler de son poste chez Media Blast. Il fallait qu'elle fasse ses preuves aux yeux de ses collègues.

Si elle revenait à Wenatchee après la trahison de son amie et de Brian, si elle renonçait à cet emploi dans lequel elle s'était tellement investie, elle admettrait la défaite. Elle aurait l'impression de rentrer chez ses parents après un échec... De plus, elle était persuadée que le succès était à sa portée.

— Tu ne dis plus rien ? À quoi tu penses ?

— Je devrais te laisser te coucher.

— Lindy ?

— Oui ?

— Il est tard. Je suis crevé et je ne devrais sans doute pas te demander ça.

Billy hésita, cherchant ses mots.

— Je t'écoute, dit Lindy.

— Reste, implora-t-il d'une voix à peine audible.

— Quoi ?

— Je ne veux pas que tu retournes à Seattle. Je sens que nous sommes au commencement d'une histoire importante et je ne veux pas qu'elle s'arrête.

13

Le lendemain matin, Lindy se réveilla à dix heures. Sa mère s'affairait dans la cuisine alors qu'elle s'était promis de l'aider à préparer le repas. La jeune femme s'en voulut un peu car Ellen déployait de gros efforts pour faire plaisir à son entourage. En ce soir de 24 décembre, après la messe, sa mère ne dérogerait pas à sa coutume de distribuer des cookies à tous ses amis.

— Maman, tu aurais dû me réveiller !

— Cette nuit, je t'ai entendue parler au téléphone. Il était très tard. Tu avais besoin de repos. Je suis capable de me débrouiller, tu sais. Tu es censée être en vacances.

Lindy n'était pas de cet avis car elle adorait cuisiner avec sa mère. C'était dans cette cuisine qu'elle avait vécu ses plus beaux souvenirs d'enfance. Ensemble, elles avaient réalisé des recettes transmises de génération en génération : la salade de fruits d'hiver, la farce de la dinde et la sauce maison, notamment. Un jour, elle espérait se mettre aux fourneaux pour sa propre famille.

— Je tiens à t'aider, insista-t-elle. Dis-moi comment me rendre utile.

Très organisée, Ellen avait préparé une liste de tâches à effectuer. La jeune femme se chargea du plat de légumes rôtis pour le lendemain, ainsi, elle n'aurait plus qu'à l'enfourner.

— Tu ne devais pas déjeuner avec Peggy ? s'enquit sa mère en consultant l'horloge.

Effectivement, Lindy risquait d'arriver en retard si elle ne se préparait pas au plus vite ! Elle prit congé, ravie à la perspective de revoir son amie. Depuis son arrivée, elles se voyaient chaque jour, ne serait-ce que le temps d'un café.

Peggy l'attendait à la pizzeria et avait déjà passé leur commande, une margarita à partager.

— Joyeux Noël ! lança Peggy avec un large sourire.

— Merci. À toi aussi, répondit Lindy en s'attablant.

La serveuse vint lui demander ce qu'elle souhaitait boire.

— Je devrais peut-être commander quelque chose de plus corsé qu'un soda sans sucre, admit-elle.

— J'ai lu ton texto de cette nuit. Dis-moi ce qui se passe.

Par où commencer ? En cette veille de Noël, elle n'avait pas envie de plomber l'ambiance avec ses états d'âme. Le moment était mal choisi pour penser à Celeste et elle ne tenait pas à relater sa conversation nocturne avec Billy. Néanmoins, elle ne parvenait pas à chasser de son esprit le fait qu'il lui avait demandé de ne pas retourner à Seattle.

— Oh, pas mal de trucs, en réalité. Les choses de la vie…

— Je suis contente que tu aies pu venir, surtout aujourd'hui.

— Pourquoi ?

— Je crois avoir déjà fait allusion à mon idée, mais j'espère que tu accepteras.

Voilà qui était intrigant...

— Quelle idée ? Encore une chasse au trésor gourmande ? Une énigme à résoudre avant minuit ? Une tournée des pubs ?

Peggy sourit. Au moment où elle allait s'expliquer, leur pizza arriva. Les deux amies prirent le temps d'en déguster une part, puis Peggy revint à leur conversation.

— J'ai une proposition à te faire, annonça-t-elle, visiblement exaltée, le regard pétillant. Et je crois qu'elle va te plaire !

— Quel genre de proposition ?

Elle devait bien l'admettre, l'enthousiasme de son amie attisait sa curiosité.

— Je ne te demande pas de te décider aujourd'hui. Il te reste une semaine à passer ici. Promets-moi de réfléchir à mon offre !

— Je t'écoute.

— Il y a quelques jours, tu m'as aidée à résoudre un problème sur mon site Web, déclara-t-elle en préambule, comme si Lindy avait pu l'oublier.

— En effet...

Ce n'était pas grand-chose. Il ne lui avait fallu qu'un quart d'heure pour optimiser le site de Peggy. Elle aurait pu le faire les yeux fermés.

— Il se trouve que mon collègue Greg en a parlé à Marcus, un de ses amis propriétaire d'un magasin de fleurs en ville.

Peggy marqua une pause comme pour souligner l'importance de ce détail.

— Greg a aussi dit à Marcus que c'était toi qui avais travaillé sur le site du Pressoir. Marcus voudrait savoir si tu accepterais de l'aider à son tour.

L'image d'un magasin de fleurs apparut aussitôt à l'esprit de la jeune femme. C'était le genre de mission très créative qu'elle appréciait. Si l'aspect technique était souvent long et fastidieux, la partie graphique l'amusait énormément. De plus, elle excellait dans ce domaine. Lindy connaissait ses atouts et des points faibles. Le P.-D.G. de Media Blast avait examiné ses créations et voyait en elle une collaboratrice précieuse. Il l'avait d'ailleurs engagée pour ces aptitudes.

— Quand Greg m'en a parlé, je lui ai répondu que ce n'était même pas la peine de t'en parler car tu es en vacances. De plus, c'est Noël...

— Et pourtant, tu viens de m'en parler, répliqua Lindy.

Peggy devait avoir une bonne raison d'avoir changé d'avis.

— Écoute... Avec mon métier, j'ai un tas de relations, notamment parmi les chefs de petites entreprises de la région. Ces personnes ont investi du temps, de l'énergie et de l'argent pour monter des sociétés et assurer l'avenir de leurs familles. Ces entreprises familiales constituent la colonne vertébrale de ce pays.

Peggy prêchait une convaincue. Lindy voyait combien Billy s'investissait dans son restaurant. Elle s'inquiétait même un peu de la quantité de travail qu'il devait fournir afin de rentabiliser son capital.

— Le problème, c'est que Marcus a du génie pour ce qui est des compositions florales, mais de sérieuses lacunes dans le domaine des réseaux sociaux et des sites Web. Il a placé son argent dans sa boutique. Comme Billy, il s'efforce de gérer au mieux son affaire et de développer ses activités, tout en ayant une comptabilité saine.

— Continue…

Lindy avait une petite idée de ce que son amie allait lui suggérer. Néanmoins, elle voulait l'entendre de sa bouche, même si elle ne savait pas encore comment elle allait réagir.

Peggy réprimait à grand-peine un sourire, comme si elle devinait que Lindy était intéressée.

— Je le répète, je ne voulais même pas te parler de Marcus et de Rosebud. Tu as une vie assez bien remplie, en ce moment…

— C'est vrai. Alors ?

— Alors, j'ai pensé à toutes les autres entreprises familiales qui auraient besoin de tes services. J'en ai trouvé plus d'une dizaine et ce n'est qu'un début.

— Peggy, coupa Lindy en levant une main pour la faire taire, je sais ce que tu vas dire et j'avoue que c'est tentant.

— Tant m…

— Mais il m'est impossible de m'installer à Wenatchee pour l'instant.

Lindy était pourtant attirée par cette idée, bien plus qu'elle ne voulait l'admettre. Hélas, trop d'obstacles se dressaient devant elle, notamment le projet qu'elle avait proposé pour le groupe Ferguson. S'il était accepté, il lui faudrait des semaines, voire des mois, pour le mettre en œuvre.

— Je te demande simplement d'y réfléchir, insista Peggy.

— Renoncer à des revenus fixes pour créer une start-up est un sacré défi. Cela requiert bien plus que du temps, sans parler des frais de déménagement. Il me faudrait abandonner une entreprise qui m'a fait confiance, qui a misé sur moi. Ce ne serait pas facile de partir comme ça, Peggy. Je sais que tu en es consciente.

— Bien sûr que je saisis les implications, confirma Peggy. Je comprends tes hésitations et j'apprécie ta loyauté envers ton employeur, d'autant que tes collègues ne t'ont pas facilité les choses. Tu pourrais leur accorder un long préavis…

— Monter ma propre entreprise me ferait courir un gros risque financier.

— Je sais. Tout le monde n'est pas assez ambitieux ou motivé pour réussir. Or je crois que c'est ton cas. Et tu aiderais d'autres à réussir, ce qui est gratifiant.

Lindy partageait son opinion, mais les questions essentielles demeuraient prioritaires.

— Et mon appartement… reprit-elle, réfléchissant à voix haute. J'ai signé un bail d'un an et il me reste six mois à honorer pour ne pas perdre d'argent.

— Ne m'as-tu pas dit que les logements étaient hors de prix à Seattle et que tu avais de la chance d'avoir trouvé un toit dans tes moyens ?

— Oui, et je me suis donné du mal.

— Tu pourrais le sous-louer, au besoin, non ?

Lindy n'y avait pas songé. Peu après son emménagement, deux collègues lui avaient demandé s'il y avait d'autres appartements libres dans la résidence. Elle ne rencontrerait aucune difficulté à trouver quelqu'un qui accepte de reprendre son bail.

— Ce n'est pas le seul problème, déclara-t-elle sans regarder son amie de peur de trahir son enthousiasme naissant.

Avec Peggy, ce projet devenait presque réalisable.

— Je sais, répondit cette dernière, si compréhensive que Lindy leva les yeux vers elle.

— Vraiment ?

— Il y a Celeste et Brian, n'est-ce pas ?

— Je leur ai pardonné, assura Lindy avec un geste désinvolte. J'ai tourné la page et je ne veux plus en parler. C'est fini.

— Peut-être mais, au plus profond de toi, tu crains qu'ils ne pensent que tu rentres au bercail à cause d'eux, que tu es incapable de passer à autre chose. Tu ne veux pas leur donner l'impression que tu n'as pas réussi à t'en remettre, alors que c'est le cas. Ce serait leur accorder la victoire, résuma-t-elle.

Ce n'était pas faux. Peggy était vraiment très perspicace… Lindy appréciait ses arguments, malgré sa difficulté à se projeter. Elle avait l'esprit occupé par Noël et, elle devait l'admettre, sa romance avec Billy. À l'issue de ces vacances, quand elle serait de retour à Seattle, elle pourrait réfléchir à tête reposée. Pour l'heure, elle n'était pas d'humeur.

— Tu as le temps, déclara Peggy, l'interrompant une fois de plus dans ses pensées. Je t'en parle pour que tu puisses envisager toutes les possibilités qui s'offrent à toi.

— Je te promets d'y réfléchir, conclut Lindy.

Surtout si le groupe Ferguson choisissait la concurrence au détriment de son projet. Ce client important avait sollicité plusieurs propositions. L'avenir de Lindy chez Media Blast dépendait certainement du choix du client.

— J'ai quelques autres motivations à te soumettre pour alimenter ta réflexion.

— Des motivations ? Lesquelles ?

— Tu te souviens de notre rencontre ?

— Naturellement, rétorqua Lindy. Nous étions à l'école primaire.

— Je te parle du premier jour.

Lindy eut beau fouiller sa mémoire, elle n'en gardait aucun souvenir.

— Ma famille s'était installée à Wenatchee, reprit Peggy. Nous venions du Tennessee et nous faisions partie des quelques familles afro-américaines du quartier. Le jour de la rentrée, je n'ai vu aucun élève comme moi. Je me sentais différente. Jamais je ne me suis sentie aussi seule… À la cantine, je me suis retrouvée isolée à ma table. Soudain, tu t'es approchée de moi pour me demander si j'avais des patins à roulettes. En apprenant que oui, tu m'as invitée chez toi. Tu as été ma première amie à Wenatchee.

— Ah oui ?

Lindy avait oublié cette histoire ancienne. Elle se souvenait simplement qu'elle avait adoré son accent du sud. Depuis, il avait disparu.

— En tout cas, on s'amusait bien ensemble et tu es vite devenue ma meilleure copine.

— Toi aussi. Le moment est venu pour moi de renvoyer l'ascenseur.

Lindy n'était pas certaine de bien comprendre. Face à son expression perplexe, Peggy crut bon de développer :

— À mon tour de te tendre la main et de t'aider. Depuis ton arrivée, tu t'es détendue, tu es plus ouverte. Je ne voudrais pas que tu repartes à Seattle pour être happée par cette machine qui t'a privée de toute joie.

C'était la vérité. Et puis, n'avait-elle pas commandé une meilleure amie au Père Noël ? Juste avant de tomber sur Peggy… Elles étaient aussi proches que si elles ne s'étaient pas perdues de vue. Lindy devait admettre qu'elle avait passé des soirées très agréables avec Peggy, Chloé et Jayne, comme si elles formaient un groupe de complices de longue date.

— Même si je revenais vivre ici…

Lindy se remit à réfléchir à voix haute. Il était évident que ses parents l'hébergeraient le temps nécessaire. Néanmoins, vivre chez eux serait un grand bond en arrière.

— Quoi ? gronda Peggy qui ne souhaitait pas la voir hésiter de la sorte.

— Où habiterais-je ? Je ne veux surtout pas loger chez mes parents. J'adore ma famille, mais j'approche de la trentaine. En obtenant mon diplôme, je n'imaginais pas avoir besoin un jour de revenir au bercail.

— C'est là qu'intervient mon plan parfait.

— Ah oui ? Et de quoi s'agit-il ?

— Je gardais le meilleur pour la fin, répondit Peggy. Je cherche une colocataire !

Lindy était allée dans l'appartement spacieux de son amie. Il était presque deux fois plus vaste que son logement de Seattle. Il disposait en outre de deux chambres dans un quartier très prisé de la ville, rénové depuis peu. Il bénéficiait de toutes les commodités sur place : un restaurant, un supermarché, un centre commercial. Un emplacement idéal. Hélas, Lindy n'était pas certaine d'avoir les moyens d'habiter cette résidence moderne.

— Quel est le montant de ton loyer ? s'enquit-elle.

Elle faillit s'étouffer quand Peggy lui annonça un prix. À Seattle, Lindy payait le double. Et ce loyer serait partagé en deux. Son budget logement serait donc divisé par quatre !

— C'est raisonnable, admit-elle. Cependant, rien ne garantit que j'aie assez de travail pour gagner ma vie durant les premiers mois. J'ai quelques économies, certes, mais…

Peggy l'interrompit :

— Fais-moi confiance, Greg et moi te trouverons largement assez de clients pour tenir six mois, sans le moindre effort. Cette région a grand besoin d'une spécialiste des réseaux sociaux et de la gestion de sites Web. Tu as un créneau à saisir.

Décidément, Peggy avait tout prévu. Lindy lui était reconnaissante de lui accorder le temps de la réflexion.

— Tu as sans doute remarqué que je n'ai pas évoqué l'argument numéro un, celui qui te convaincra de quitter Seattle, reprit Peggy d'un air entendu.

— À quoi fais-tu allusion ?

— Billy Kincade ! Il est fou amoureux de toi et j'ai la nette impression que c'est réciproque, ou je n'y comprends plus rien.

Cela, en revanche, Lindy n'était pas disposée à l'admettre.

— Nous avons partagé de bons moments, avoua la jeune femme de mauvaise grâce.

Peggy lisait en elle comme dans un livre ouvert. Billy lui avait demandé de rester, ce qui était un argument de poids…

— Dans ce cas, je dis : profite du bon temps avec Billy et avec moi… J'attendrai de connaître ta décision pour me mettre en quête d'une colocataire.

C'était un marché équitable.

— En tout cas, tu m'as donné matière à réflexion, admit Lindy.

— Tant mieux. À présent, passe un Noël merveilleux avec ta famille. On se rappelle dans quelques jours.

— Peggy, je te remercie. Ton amitié, ton soutien me sont précieux. Tu n'imagines pas à quel point.

Le reste de la pizza avait refroidi. Elles quittèrent le restaurant ensemble, puis Peggy se mit en route pour la maison de ses parents et Lindy se dirigea vers sa voiture.

En traversant la rue, Lindy posa les yeux sur l'homme qui s'était garé à côté. Elle l'avait vu entrer dans la pizzeria et avait aussitôt reconnu le Père Noël de Leavenworth.

— Joyeux Noël ! lança Lindy en le rejoignant.

— Oh oh oh ! lui répondit-il avec un large sourire.

Il prit un grand sac à l'arrière de son pick-up et le hissa sur son épaule.

— Ah oui ! Je me souviens de toi !

— Nous nous sommes vus mercredi à Leavenworth, lui rappela-t-elle.

— Oui, tu m'as parlé d'une lettre que tu m'avais écrite.

— Vous ne l'aviez pas encore lue.

— C'est chose faite. Et comme tu as été sage toute l'année, je vais t'accorder ce que tu m'as commandé.

— Merci, Papa Noël, répondit-elle, amusée.

Cet homme jouait son rôle à merveille.

— Je me rappelle une lettre plus ancienne, datant de ton enfance. Tu voulais des patins à roulettes.

Il se frotta la barbe d'un air pensif.

À l'époque, tous les enfants commandaient des patins à roulettes.

— Sachez que je me suis fracturé le bras en apprenant à m'en servir, raconta la jeune femme d'un ton taquin.

— Récemment, c'est autre chose qui s'est brisé, non ?

— Non, je n'ai pas eu d'autre fracture, répondit-elle sans saisir où il voulait en venir.

— Et ton cœur ? Un chagrin d'amour fait encore plus mal qu'un bras cassé.

Abasourdie, Lindy le dévisagea.

— Vous semblez savoir beaucoup de choses sur moi, Papa Noël.

— Dis-moi, jeune fille, es-tu capable de distribuer des sucres d'orge aux petits enfants ?

— Oui, pourquoi ?

— Eh bien, j'ai besoin d'une assistante. De plus, j'ai la nette impression que tu as l'esprit tourmenté et que tu as grand besoin d'une oreille attentive.

Le Père Noël avait sans doute raison…

14

Chez Children's Closet, une boutique de mode pour enfants, une longue file de parents accompagnés de tout-petits attendait l'arrivée du Père Noël. Celui-ci remit un chapeau à Lindy ainsi qu'un seau de sucres d'orge. La jeune femme était chargée de gérer la file et de veiller à ce que chaque enfant puisse échanger quelques mots avec lui.

Lindy avait un peu hésité à accepter de l'aider, mais il avait une lueur dans le regard… Il semblait savoir qu'elle avait une décision cruciale à prendre. Sans doute était-il en mesure de lui procurer un conseil plein de sagesse. En tout cas, elle se rendit compte qu'elle était disposée à l'écouter.

Dès que le Père Noël fut installé dans son fauteuil, les bambins défilèrent un par un. Lindy se laissa gagner par la magie de ces moments, attendrie par les échanges pleins de candeur. L'homme excellait dans ce rôle. Il parut reconnaître quelques-uns des enfants et leur posa des questions plus personnelles.

Elle-même avait eu l'impression qu'il en savait long sur elle.

Si la plupart des petits étaient ravis de rencontrer le Père Noël, certains, plus timorés, s'accrochaient à leur mère, terrifiés par l'imposant monsieur en costume rouge.

— Tu as commandé quelque chose de particulier, cette année ? demanda Lindy à une fillette d'environ cinq ans qui attendait sagement son tour.

— Oui, mais c'est un secret, répondit-elle avec enthousiasme. Je ne peux en parler qu'au Père Noël.

— Il t'écoutera avec attention.

— Je lui ai envoyé une lettre, aussi.

— Moi aussi, avoua Lindy.

— Il l'a lue ? s'enquit l'enfant, curieuse.

— Oh oui.

Quand vint son tour, la fillette se percha sur les genoux du Père Noël. Lindy n'entendit pas ses paroles. L'homme éclata de rire et l'étreignit avant de la laisser partir.

La jeune femme remarqua aussi un petit garçon qui semblait triste, tourmenté.

— Ma sœur est malade, raconta-t-il. Si tu peux l'aider à guérir, je ne te demanderai aucun autre cadeau.

Le Père Noël hocha la tête comme s'il était au courant de cette maladie.

— Je suis désolé qu'Anna ait besoin d'être opérée, mais je suis sûr qu'elle bénéficiera des meilleurs soins et qu'elle rentrera bientôt à la maison. Ne t'inquiète pas.

— Merci, Papa Noël.

— Et n'oublie pas d'aller regarder sous le sapin. Le Père Noël ne t'a pas oublié.

Dans un premier temps, Lindy redouta qu'il n'ait donné de faux espoirs à ce garçonnet. Mais en voyant sa réaction soulagée, elle se dit qu'il passerait au moins un bon Noël plein d'espoir. Pourvu que tout aille bien pour sa sœur…

La présence d'un photographe était inutile car tous les parents avaient un portable et mitraillaient leur progéniture. Lindy se demanda soudain comment cet acteur était rémunéré. Était-il défrayé par la boutique de vêtements ?

Il avait une patience d'ange, même avec les enfants les plus grognons ou les plus timorés. Il n'avait pas son pareil pour les apaiser, les rassurer et obtenir leur sourire émerveillé.

Les trois heures prévues pour cette séance passèrent vite. Quand la directrice du magasin annonça le départ du Père Noël, la jeune femme fut surprise. Le magasin fermait en avance en ce 24 décembre.

— Un grand merci, Père Noël, déclara-t-elle. Vous n'imaginez pas combien c'est important pour notre petite entreprise.

— J'ai passé un très bon moment, assura-t-il.

— Vous êtes certain de ne rien vouloir ? Nous avons effectué de belles ventes à l'occasion de votre venue…

— Tout le plaisir était pour moi, répondit-il en l'interrompant d'un geste.

Il était donc bénévole… Lindy était impressionnée par sa générosité. Elle lui rendit le seau qui ne contenait plus que quelques friandises.

— Vous avez été merveilleux, le félicita-t-elle.

— J'ai une longue expérience dans ce domaine, répondit-il en se levant pour s'étirer les épaules.

— Cela se voit.

— C'est maintenant ton tour, jeune fille.

— Vous êtes sûr ? Vous devez être épuisé.

Il consulta sa montre.

— Pas du tout. J'adore voir les enfants, mais je dois surveiller l'heure. C'est une longue nuit qui m'attend.

Le Père Noël avait certainement un emploi du temps chargé.

— Allons boire un chocolat chaud et bavarder un peu.

Sans lui laisser le temps de décliner l'invitation, il s'éloigna vers le café situé sur le trottoir d'en face. Elle aurait dû deviner qu'elle avait affaire à un gentleman.

— Permettez-moi de vous inviter, déclara-t-elle en se dirigeant vers le comptoir.

— Pas question ! Je te suis redevable pour ton aide, s'insurgea-t-il. D'ailleurs, le Père Noël paie rarement l'addition. Les commerçants semblent croire qu'une bonne action efface leurs bêtises de l'année.

Il rit de bon cœur et l'entraîna vers une table. Galant, il lui proposa une chaise. En le voyant se diriger vers le comptoir, Lindy se demanda ce qu'elle allait lui raconter. Devait elle-même se confier à lui ? De plus, elle devait surveiller sa montre, elle aussi, car Billy lui avait demandé de faire un saut au Pressoir dans l'après-midi. Et elle voulait rentrer chez elle de bonne heure pour aider sa mère à préparer la veillée qui suivrait l'office du soir aux chandelles.

Le Père Noël réapparut avec deux mugs de chocolat fumant qu'il posa sur la table. Dès qu'il fut assis, il plongea dans le regard de la jeune femme. Son visage affichait un air plein de douceur, de compréhension et d'empathie.

— À présent, explique ce qui te tourmente. Certaines décisions n'ont pas à être difficiles à prendre, une fois qu'on a pesé le pour et le contre.

Si seulement c'était si facile !

— Qu'est-ce qui vous porte à croire que j'ai une décision à prendre ? s'enquit-elle en le dévisageant.

Cet homme paraissait en savoir bien trop sur elle.

— Je suis le Père Noël, répliqua-t-il comme si cela constituait une explication suffisante.

Lindy ne l'entendait pas cette oreille. Aurait-il pu surprendre sa conversation avec Peggy, à la pizzeria ?

— Tu te trouves face à un dilemme. Aimes-tu la vie dans une grande ville ?

— J'aime beaucoup Seattle.

Il hocha la tête comme pour l'encourager à continuer.

— J'apprécie la richesse de la vie culturelle. Celeste et moi…

Elle s'arrêta net. Elle avait failli évoquer les comédies musicales qu'elles étaient allées voir ensemble, les rencontres sportives, les virées shopping, les repas au restaurant. Une fois par mois, elles s'offraient une sortie entre filles. Ces moments partagés lui manquaient terriblement car le plaisir était tout autre avec un petit ami.

— Ah, Celeste ! fit le Père Noël en secouant la tête. Quelle déception !

Lindy n'avait pas envie de retourner dans le passé. Il était clair que cet homme avait écouté sa conversation avec Peggy. Pourtant, elle n'avait pas souvenir d'avoir évoqué son ancienne colocataire…

— Et Media Blast ? C'est ce poste qui te retient là-bas ?

Comment savait-il cela ? Quelle indiscrétion. Elle eut envie de lui demander quelle était sa pizza préférée.

— Lindy ?

Elle émergea de sa rêverie.

— Pas seulement. Je suis bien payée et j'apprécie mon travail.

La situation devenait un peu étrange… Comment cet homme pouvait-il être aussi bien informé ? Elle croisa son regard doux et patient.

— Pour lancer sa propre entreprise, il faut y croire. Ce serait un risque considérable. Cependant, Lindy, tu es capable de réussir si tu prends cette décision.

Il croyait tellement en elle qu'elle en eut presque les larmes aux yeux.

— Mais n'y a-t-il pas autre chose ? Ou plutôt quelqu'un, qui rend cette décision encore plus cruciale ? Tu as envie d'accorder une chance à cette nouvelle histoire d'amour et tu hésites à prendre un tel risque, je me trompe ?

Lindy baissa les yeux vers sa tasse, sans répondre.

— Billy Kincade n'est plus le vilain garnement qu'il était à dix ans. Il a changé. La vie n'a pas toujours été clémente avec lui et il a connu des épreuves. J'avoue que je suis très fier de l'homme qu'il est devenu.

Ah oui… Billy était avec elle à Leavenworth, lorsqu'elle avait croisé ce Père Noël pour la première fois. Elle décida de ne pas parler à Billy de la proposition de logement de Peggy car il lui avait déjà demandé de rester. Billy voulait qu'elle quitte Seattle pour revenir à Wenatchee. La tentation d'accepter était grande, de tourner le dos à tout le travail accompli pour repartir de zéro ou presque.

— Il n'y a pas que ce jeune homme, il me semble, reprit le Père Noël.

Seigneur ! Il devait être assis à la table voisine de la leur, à la pizzeria, pour détenir autant d'informations.

— J'ai soumis un projet important et j'attends sa validation par le client, répondit-elle.

Devait-elle ajouter qu'elle avait investi énormément de temps et d'énergie pour saisir cette chance unique de faire ses preuves ? Elle avait l'impression d'être au bord d'un précipice. Elle n'osait regarder en bas, bouger, respirer, sans savoir ce qui allait se passer.

— J'ai l'impression que tu vas devoir réfléchir à beaucoup de choses, Lindy.

— En effet, admit-elle.

Il avait fini son chocolat chaud et s'apprêtait à partir.

— Merci de m'avoir écoutée.

— Ce fut un plaisir.

— Vous êtes quelqu'un de bien, Papa Noël.

Il haussa modestement les épaules et se leva. Lindy en fit autant, laissant la moitié de son chocolat. Ils quittèrent le café ensemble pour se diriger vers le parking.

Il était tard. Déjà, le jour commençait à tomber. Dès quatre heures et demie, il ferait nuit. Lindy avait toujours adoré l'hiver dans le Nord-Ouest Pacifique car elle aimait admirer le ciel étoilé. À Seattle, les lumières de la ville l'emportaient sur la nature.

— Merci encore, conclut-elle en arrivant près de sa voiture. Et bonne nuit !

— C'est la plus belle nuit de l'année pour ma femme et moi. J'y pense longtemps à l'avance. Écoute-moi bien, si tu décides de franchir ce grand pas, envoie-moi une lettre pour me l'annoncer. J'ai toujours aimé tes lettres.

Lindy dut attendre que son pare-brise soit dégivré pour se mettre en route vers le restaurant de Billy. Celui-ci l'avait informée que l'établissement était complet, de sorte qu'elle ne s'étonna guère de ne pas trouver facilement une place de parking. Le bar était bondé, ce qui pouvait être surprenant pour une veille de Noël. Elle qui était persuadée que les gens préféraient rester en famille ce jour-là !

Billy versait du vin dans un verre quand il l'aperçut. Aussitôt, il afficha un large sourire. En très peu de temps, alors qu'ils semblaient au départ partis pour une romance sans lendemain, quelque chose avait changé, et pas seulement pour Billy. Lindy rechignait toujours à l'admettre, mais ses bonnes résolutions commençaient à vaciller.

De peur de le déranger, elle se percha sur un tabouret de bar et attendit qu'il vienne vers elle.

— Salut, dit-il, les yeux pétillants.

— Joyeux Noël, répondit la jeune femme.

— À toi aussi.

Quelques minutes plus tard, son remplaçant se présenta au bar, ce qui permit à Billy de la rejoindre. Il la prit par la main et l'entraîna vers son bureau dont il ferma la porte. Aussitôt, il la prit dans ses bras et l'embrassa comme au cinéma. Elle enroula les bras autour de son cou et s'abandonna à ce baiser fougueux.

— Waouh, souffla-t-elle lorsqu'ils se séparèrent enfin. Qu'est-ce qui me vaut ce plaisir ?

— Tu m'as manqué, avoua-t-il.

Ils ne s'étaient pas vus depuis moins de quarante-huit heures. Comment réagirait-il quand ils ne se verraient pas pendant des jours, voire des semaines ? Le cœur de la jeune femme se serra. Au plus profond d'elle-même, elle savait que les relations à distance étaient vouées à l'échec.

— Tu es très occupé…

— Ce sera plus calme la semaine prochaine, déclara-t-il. Je prendrai des congés pour que nous puissions être ensemble. Il me semble que tu as promis à Peter de faire de la luge avec lui. Je me porte volontaire pour vous accompagner.

— Tu es le bienvenu !

Lindy songea qu'il ne savait pas à quoi il s'exposait avec Peter.

— J'ai toujours adoré la neige. J'ai même pratiqué le snowboard pendant un certain temps.

Elle ignorait tant de choses de lui, de ses goûts… Pourvu qu'elle en apprenne davantage et qu'elle puisse se confier à lui. Billy, lui, paraissait désireux de profiter au maximum des derniers jours de vacances de la jeune femme, et elle aussi. Quelle serait l'influence de la semaine suivant Noël sur leur relation ? Lindy n'en avait pas la moindre idée. Quoi qu'il en soit, elle avait une certitude : ces jours partagés avec Billy ne faciliteraient pas sa prise de décision.

— Demain, je passerai chez tes parents déguisé en Père Noël pour Peter, lui rappela-t-il.

Lindy lui en était reconnaissante, sachant que son neveu garderait ce souvenir pendant de longues années.

— Chad et Ashley pensent arriver vers midi, donc tu peux te présenter quand tu voudras.

Ellen lui avait demandé de passer vers quinze heures, mais elle n'avait pas envie d'attendre aussi longtemps pour le revoir.

— Je serai au rendez-vous, promit-il.

— C'est drôle que tu parles du Père Noël, reprit Lindy. Il se trouve que je l'ai croisé, tout à l'heure.

— Ah bon ? N'oublie pas qu'il n'est le Père Noël que pour nous deux.

Sans doute afficha-t-elle une expression étrange car Billy parut soudain curieux.

— Ne me dis pas que tu as craqué pour lui ?

— Imbécile ! C'était le même qu'à Leavenworth. Il semblait informé des lettres que je lui ai écrites… Non, c'est ridicule.

Elle s'efforça de remettre de l'ordre dans ses pensées.

— Il avait besoin de mon aide pour une prestation dans un magasin. Il était génial avec les petits.

— C'est la magie de Noël, commenta Billy. Tous les enfants lui écrivent à un moment ou à un autre. S'il t'a parlé de tes lettres, c'est que cela fait partie de son rôle.

— Tu as raison…

Lindy n'était toutefois pas convaincue. Il y avait autre chose et elle n'avait pas envie de s'expliquer. Le Père Noël en savait trop sur elle. Il devait y avoir une explication rationnelle. S'il s'était trouvé à la pizzeria en même temps qu'elle et Peggy, elle l'aurait remarqué, avec son costume...

— Et si on faisait un tour au parc, le 26 ? proposa Billy, revenant à la promesse faite à Peter.

— D'accord.

Lindy n'avait pas d'autres projets et Peter ne cessait de la relancer.

— Oui, c'est une excellente idée. Tu es sûr de pouvoir te libérer ?

— Je ferai en sorte.

Si Lindy était consciente de sa charge de travail, elle savait aussi qu'une pause lui ferait le plus grand bien.

— Si tu n'arrives pas à te libérer, je le comprendrai très bien, tu sais. Le plus important, c'est le Pressoir, déclara-t-elle avec sincérité. Nous avons toute la semaine prochaine.

— Sept jours, cela me semble trop court, répondit-il. Je redoute déjà le jour où tu retourneras à Seattle.

Quelle que soit sa décision, la jeune femme savait qu'elle devrait retourner là-bas.

— J'imagine que c'est mal d'espérer que tu resteras.

— Non. Ta réaction me fait plaisir, au contraire, mais j'habite Seattle, c'est ainsi.

— J'ignore si je pourrai m'absenter souvent, avoua-t-il en baissant la tête. Surtout le week-end.

— Je sais.

Elle connaissait parfaitement ses responsabilités et les exigences de son métier. En général, il se reposait le mercredi et il lui serait impossible d'effectuer l'aller-retour à Seattle dans la journée.

Mieux valait ne pas évoquer la proposition de Peggy. Si elle choisissait de ne pas monter sa propre entreprise, Billy considérerait que c'était une façon pour elle de refuser qu'ils soient en couple. Comme il se tromperait ! Il ne pourrait même être plus loin de la vérité.

Lindy quitta le restaurant et rentra chez elle l'esprit en émoi. Elle chassa ses pensées pour mieux profiter de cette veille de Noël. N'était-elle pas en famille pour célébrer la plus importante fête de l'année ?

15

Ce soir-là, Ellen servit un repas froid afin qu'ils puissent se préparer pour l'office. Par tradition, les parents de Lindy invitaient leurs élèves du catéchisme, après l'office, pour partager du vin chaud et des cookies.

Chad, Ashley et Peter iraient directement à l'église afin de se rendre chez les parents d'Ashley. Celle-ci avait quatre frères et sœurs, ce qui ne manquait pas d'animer les réunions de famille.

À l'approche de l'église, Lindy entendit la chorale. L'édifice était illuminé et brillait de mille feux. Sur le parvis, dans la neige, était installée une crèche. Quelques flocons épars tombaient.

Lindy leva les yeux pour contempler le ciel nocturne. Soudain, son avenir lui parut bien loin. Elle avait encore le temps de réfléchir, se dit-elle. Cet office était l'occasion de réfléchir au sens de cette fête, à la joie d'être en famille. Elle venait de vivre une année difficile et elle avait tourné la page. Il lui restait tant de raisons de se réjouir ! Il suffisait d'en prendre conscience, voilà tout.

L'office se lança dans plusieurs cantiques parmi les préférés de la jeune femme. De nombreuses familles étaient présentes, dont certains enfants très pressés d'être au lendemain matin. Tel était le souvenir qu'elle conservait des messes de minuit de sa jeunesse. À l'issue de la cérémonie, Lindy et Chad ne se faisaient pas prier pour aller se coucher, car le matin venait plus vite ainsi. Chad était encore assez petit pour croire au Père Noël, de sorte que Lindy jouait le jeu. Elle voulait que son petit frère soit aussi heureux qu'elle l'avait été en ouvrant ses cadeaux.

Cette fois, en sortant de l'église, la jeune femme se tourna vers la crèche vivante. Près de la mangeoire, elle reconnut l'homme qu'elle avait croisé dans un costume de Père Noël dans la journée. Le temps qu'elle se tourne vers sa mère pour lui faire part de son étonnement, l'homme avait disparu.

— Tu voulais me dire quelque chose ? demanda Ellen.

— J'ai cru reconnaître quelqu'un… Mais j'ai dû me tromper, répondit la jeune femme.

Plusieurs familles se rendirent chez les Carmichael, dont le salon fut vite envahi. Lindy aida sa mère à servir les invités tout en participant aux conversations qui allaient bon train.

— Quel plaisir de te voir, Lindy ! lui déclarèrent plusieurs personnes qu'elle connaissait depuis toujours et qu'elle considérait comme des membres de la famille.

La maison ne retrouva son calme que vers onze heures du soir. Lindy invita ses parents à aller se coucher après cette journée agitée. Elle rangea la cuisine et remplit le lave-vaisselle, avant de se retirer à son tour. Assise dans son lit, elle vit la lettre qu'elle avait écrite au Père Noël, une semaine plus tôt.

Elle tendit la main vers sa table de chevet et relut la lettre.

Cher Père Noël…

Au matin de Noël, Lindy se réveilla tard, contrairement à autrefois. Déterminée à ne pas penser à son avenir, elle chassa ses pensées pour profiter au mieux des siens, en cette journée particulière.

Lorsqu'elle rejoignit sa mère dans la cuisine, la dinde était déjà au four.

— Joyeux Noël, Maman ! lança-t-elle en l'embrassant.

— À toi aussi, ma chérie. Je crois que c'est le plus beau des Noëls.

Elle répétait la même chose chaque année.

— Je le crois aussi, admit Lindy.

La jeune femme le pensait vraiment car son existence semblait avoir pris un tournant positif. Quoi qu'il se produise chez Media Blast, elle avait fait de son mieux et c'était l'essentiel.

— C'est ton père qui prépare le petit déjeuner.

Assis au coin du feu, dans son fauteuil, Phil avait les yeux rivés sur sa tablette.

— J'attendais l'apparition de la Belle au bois dormant, expliqua-t-il.

Les pancakes de son père étaient incontournables. Un quart d'heure plus tard, ils étaient réunis autour de la table de la cuisine et arrosaient leurs petites crêpes de sirop d'érable.

Ils avaient décidé d'ouvrir leurs cadeaux à l'arrivée de Chad, Ashley et Peter, aussi Lindy s'affaira-t-elle aux préparatifs du repas. En dressant la table, elle ajouta un couvert au cas où Billy parviendrait à se libérer.

La petite famille se présenta à midi. Encore ensommeillé, Peter embrassa sa tante.

— Le Père Noël est passé chez toi ? lui demanda-t-elle en le prenant dans ses bras.

— Oui, j'ai reçu un camion de pompiers, un jeu de construction et un pyjama !

— Le Père Noël a oublié quelque chose que tu aurais commandé ?

La jeune femme avait déposé des puzzles en bois sous le sapin. Quant à Ellen et Phil, ils lui avaient acheté un tipi pour sa salle de jeux. Peter l'avait repéré dans un catalogue et avait jeté son dévolu dessus.

Comme il n'avait pas fait sa sieste de fin de matinée, Lindy le porta vers le fauteuil à bascule. L'enfant ferma les yeux et sombra peu à peu dans le sommeil en dépit de ses efforts pour résister. Il désigna le sapin.

— Je veux d'autres cadeaux… geignit-il.

— Repose-toi d'abord et, ensuite, on ouvrira les cadeaux. Tu es d'accord ?

— Non. Je veux les ouvrir maintenant.

— Chut… tout à l'heure, murmura Lindy en le berçant.

Il ne tarda pas à s'assoupir. Satisfaite, la jeune femme écarta quelques mèches de son front. Chad s'approcha de sa sœur.

— Je vais le prendre, si tu veux, et l'installer dans mon ancienne chambre.

— Pas question, souffla-t-elle, ravie de serrer l'enfant contre elle pendant quelques instants, au coin du feu.

Elle aimait tant ces moments paisibles et tendres !

Au bout d'une heure, son neveu se réveilla et se frotta les yeux.

— On peut ouvrir les cadeaux, maintenant ? demanda-t-il en essayant de quitter les genoux de sa tante. Tu as dit qu'on pourrait quand je serais réveillé.

— J'ai besoin d'aide pour distribuer tous ces paquets, intervint Phil en se dirigeant vers le sapin.

Il ramassa un cadeau et se tourna vers son petit-fils.

— Je veux t'aider, moi ! s'exclama l'enfant.

— C'est gentil, commenta Phil. Je vais lire les étiquettes et tu donneras le cadeau à son destinataire. D'accord ?

Peter hocha la tête et se mit à sautiller d'enthousiasme. Il courut vers le sapin et distribua les paquets un par un. Beau se fit une joie de participer au déballage. Lindy regarda les siens découvrir les présents qu'elle leur avait choisis. Ses parents semblaient ravis de recevoir une bouteille de vin et un bon cadeau pour un dîner en tête à tête au Pressoir.

— Nous avons envie d'y aller depuis l'ouverture.

— Il paraît qu'il est quasiment impossible d'obtenir une réservation, renchérit Chad.

— Sortir avec le patron présente certains avantages, répondit Lindy.

Billy avait insisté pour la remercier d'avoir amélioré son site Web et elle avait accepté volontiers ce bon cadeau, certaine de faire plaisir à ses parents.

Quand tous les paquets eurent été déballés, Ashley et Lindy gagnèrent la cuisine. Alors qu'elle pelait des pommes de terre, Lindy entendit son téléphone annoncer un texto :

Dis-moi quand le Père Noël doit faire son entrée.

Quand tu veux. Je te retrouve dehors auparavant.
Préviens-moi de ton arrivée.

D'accord.

Lindy avait mis un puzzle de côté afin que le Père Noël puisse le remettre en mains propres à Peter. Elle avait aussi prévu un petit cadeau pour le bébé à venir. Elle comptait confier les deux paquets à Billy sur le pas de la porte.

Trente minutes plus tard, elle reçut son texto.

Sans enfiler son manteau, elle sortit discrètement et rejoignit Billy dans l'allée. Il arborait un costume rouge, sans oublier une perruque et une longue barbe blanche.

— Tu es superbe ! déclara-t-elle, le cœur en joie.

Il avait suffi qu'elle pose les yeux sur Billy pour qu'elle se sente soudain plus heureuse.

— Tu aimes bien ma barbe ?

Il baissa un instant le postiche pour embrasser la jeune femme. Voyant qu'elle avait froid, il l'enlaça et la serra contre lui.

— Je crois que je pourrais me passer de tous ces poils, plaisanta-t-elle.

— Moi aussi !

— Tu restes déjeuner ?

Elle ne voulait pas l'empêcher de voir sa propre famille mais aurait aimé passer plus de temps en sa compagnie.

— Je suis passé voir Dede et les enfants, je suis donc à toi, répondit-il.

Cette expression toucha Lindy en plein cœur. En peu de temps, elle s'était attachée à lui au point d'avoir l'impression qu'il avait toujours fait partie de sa vie.

— J'ai enfilé mon costume par-dessus mes vêtements. Après avoir vu Peter, je ressortirai et je reviendrai quelques instants plus tard habillé normalement.

— Parfait, conclut-elle, heureuse qu'il ait pensé à tout.

De retour à l'intérieur, elle trouva Peter assis sur le tapis, en train de jouer avec ses petites voitures sur un circuit offert par ses grands-parents.

— Le Père Noël est là ! souffla-t-elle.

Ellen et Phil lui sourirent d'un air entendu. En entendant sonner à la porte, Lindy adressa un clin d'œil à son père.

— Je me demande qui c'est ! lança-t-il.

Beau se mit à aboyer gaiement avant de courir vers la porte d'entrée pour accueillir le visiteur.

— Qui peut donc passer nous voir le jour de Noël ? demanda Ellen à Peter.

L'enfant interrogea son grand-père du regard.

— Tu viens avec moi pour ouvrir ?

L'enfant hocha la tête et se leva pour courir dans l'entrée. Lindy l'entendit retenir son souffle et revenir au salon en criant :

— C'est le Père Noël ! C'est le Père Noël !

— Oh oh oh ! lança le visiteur avec entrain. Il paraît qu'un petit garçon très sage du nom de Peter est venu voir ses grands-parents.

Bouche bée, Peter leva vers lui un regard fasciné.

— Les enfants sages méritent des cadeaux, reprit Billy en posant le sac qui lui servait de hotte.

Il en sortit le paquet que lui avait remis Lindy et le tendit à l'enfant qui s'agenouilla sur le tapis pour arracher le papier cadeau.

— Il y en a un autre, ajouta le Père Noël.

Il remit à Chad et Ashley une enveloppe et une couverture pour bébé.

La future Maman ouvrit l'enveloppe.

— Waouh ! Un bon pour un dîner en amoureux au Pressoir ! s'exclama-t-elle.

— Merci, Père Noël !

— Et ce n'est pas fini…

Billy offrit une bouteille de vin à Ellen et Phil.

— Vous ne vous êtes pas moqué de nous, commenta ce dernier en lisant l'étiquette. Nous la garderons pour une grande occasion.

— Et voici le dernier.

Il sortit un petit paquet destiné à Lindy.

— C'est pour moi ? s'étonna-t-elle.

— Oui, répondit-il en soutenant son regard.

Lindy s'assit pour déballer son cadeau avec soin. Elle découvrit un bracelet orné d'une breloque représentant un Père Noël en argent.

— Tu pourras en ajouter d'autres chaque année, expliqua-t-il.

C'était une idée merveilleuse !

— Merci, souffla-t-elle, très touchée.

Oubliant la présence des autres, elle l'embrassa.

— Maman ! Tata Lindy, elle a embrassé le Père Noël ! s'écria Peter.

— J'en ai, de la chance, murmura Billy avant de s'éloigner.

— Merci, Papa Noël ! lança le petit garçon en se précipitant vers lui pour s'accrocher à son manteau.

Chad l'écarta gentiment pour permettre à leur visiteur de se retirer.

— Oh oh oh ! conclut Billy avant de disparaître.

Quelques minutes plus tard, il sonna à la porte.

— Billy ! s'exclama Peter, tu as raté le Père Noël ! Il est venu ici.

— J'ai raté le Père Noël ? répondit-il en feignant à merveille l'étonnement.

— Il va peut-être revenir, suggéra l'enfant.

— Ce serait une sacrée surprise, ça, fit Billy en adressant un clin d'œil complice à Lindy.

Après la dinde rôtie, les convives repus marquèrent une pause avant de déguster le dessert. Ellen avait préparé plusieurs tourtes en plus des cookies et autres friandises traditionnelles.

Sur le canapé, Billy posa un bras sur les épaules de Lindy, qui arborait fièrement son bracelet. En guise de cadeau, la jeune femme avait prévu d'actualiser le site du restaurant lors de sa prochaine venue à Wenatchee.

La télévision diffusait un film de Noël. Assis entre ses parents, Peter somnolait face à l'écran. Ellen tricotait et Phil était plongé dans le dernier roman de son auteur préféré. Lindy savait qu'il ne pourrait résister à l'envie de commencer sa lecture.

—Je sais ce qu'on pourrait faire, déclara Chad en s'extirpant de l'étreinte de son fils. Une partie de Scrabble !

— Pourquoi le Scrabble ? demanda Billy.

— C'est une tradition familiale, expliqua Lindy. Le jour de Noël, on joue au Scrabble.

— Et on réalise un puzzle, renchérit Phil.

Le puzzle était déjà installé sur une table à jouer. Cette année, il représentait le Père Noël descendant le long d'une cheminée pour émerger dans une pièce richement décorée. Avant le repas, Phil avait commencé à reconstituer les bords du tableau. Chad avait contribué en reconstituant le sapin, à gauche.

Billy avait placé quelques pièces également. Il était rare que le puzzle soit terminé le jour de Noël. En général, les mille pièces étaient mises en place lors de la semaine précédant le Jour de l'An. C'était une tradition aussi immuable que la partie de Scrabble.

Chad posa le plateau sur la table de la salle à manger et éparpilla les lettres en bois.

— Tu joues avec nous, Billy ? proposa-t-il.

— Quel est l'enjeu ? demanda-t-il en regardant Lindy.

— Tout le monde n'a qu'un objectif : battre Papa, avoua-t-elle. C'est un champion. Il est quasiment invincible.

— Méfie-toi de Lindy aussi. Elle a tendance à inventer des mots.

— Très drôle, Chad !

Laissant Peter devant les dessins animés, les six adultes s'attablèrent.

Lindy tira un Q mais pas de U. Son premier mot ne lui rapporta que six malheureux points. Elle était mal partie. Phil, lui, marqua treize points. Pendant une heure, la partie alla bon train et le plateau se couvrit de lettres. Une ou deux fois, Lindy tenta d'imposer un mot de son invention en prétendant qu'il figurait dans le dictionnaire. Elle se fit rembarrer sans ménagement. Naturellement, son père l'emporta haut la main.

— A-t-il déjà perdu ? demanda Billy à la jeune femme.

— Une fois. Face à Maman. Je le soupçonne de l'avoir laissé gagner.

— Absolument pas ! s'insurgea Ellen, offusquée.

— Chad est né neuf mois plus tard, murmura Lindy à Billy.

— Tu te trompes de plusieurs années, ma fille, corrigea l'intéressée qui avait entendu sa réflexion. Quelqu'un veut du dessert ?

Billy posa une main sur son ventre plat.

— Tout à l'heure, j'étais persuadé de ne plus pouvoir avaler une bouchée de plus.

— Et maintenant ?

— J'ai remarqué cette tourte aux noix de pécan caramélisées, dans la cuisine, et je suis disposé à fournir un effort.

— Bravo ! railla Lindy.

— Je veux bien une part de tourte au potiron, déclara Chad. Je n'ai jamais aimé les pâtisseries trop sophistiquées. Une tarte aux pommes, une tourte au potiron suffisent à mon bonheur.

Lindy opta pour les noix de pécan caramélisées qui se révélèrent un vrai délice.

Enfin, Chad et sa famille regagnèrent leur domicile. Peter était épuisé par cette journée riche en émotions. Ashley semblait lasse également, elle ne cessait de masser son ventre rond.

Après leur départ, Lindy et Billy regardèrent la télévision, blottis l'un contre l'autre sur le canapé. À dix heures, Ellen et Phil se retirèrent.

— Tu crois qu'ils voulaient nous laisser seuls ? s'enquit Billy en l'embrassant dans le cou.

— Probablement...

Sa mère avait toutefois travaillé dur en cuisine pendant que les autres se reposaient.

— Je les remercierai plus tard, murmura Billy à son oreille.

— Qu'as-tu en tête ? demanda-t-elle d'un ton badin.

— Si tu lisais mes pensées, je serais à nouveau privé de cadeaux de Noël pour n'avoir pas été sage.

— Ah oui ? dit-elle en souriant malgré elle.

— Tu n'imagines même pas à quoi je pense en ce moment...

— Il se trouve que j'en ai une petite idée, au contraire.

Billy l'enlaça et l'embrassa encore et encore. Perdus dans leurs sensations, ils sursautèrent en entendant une publicité dont le volume était plus puissant.

— C'est mon plus beau Noël depuis bien longtemps, admit Billy.

— Pour moi aussi, répondit la jeune femme.

— C'est grâce à toi, Lindy. Je fais de mon mieux pour ne pas penser au fait que tu repars pour Seattle dans une semaine.

— J'y songe aussi.

Il caressa le poignet de la jeune femme et le pendentif en forme de Père Noël.

— J'espère pouvoir être celui qui t'offrira une nouvelle breloque chaque année, à la même époque. J'aimerais que ton bras finisse par ployer sous le poids des bijoux, au fil des années.

Que répondre à cette déclaration ? Billy venait d'exprimer clairement son désir de faire partie de sa vie.

— Nous sommes ensemble depuis une semaine, Billy, lui rappela-t-elle. Tu ne peux tenir ces propos après si peu de temps.

Il afficha une mine grave.

— Ce que tu ne comprends pas, Lindy, c'est que mon cœur t'appartient depuis que j'ai neuf ans.

16

Le lendemain, Lindy avait promis d'emmener son neveu au parc pour faire de la luge. En cette saison, la neige faisait rarement défaut dans la région.

Devinant l'impatience de Peggy, elle envoya un texto à son amie.

En promenade avec Peter et Billy. Je t'appelle bientôt.
Oui, je réfléchis à notre conversation.
Je ne sais toujours pas quoi faire.

Une décision d'une telle importance exigeait de la réflexion. Lindy avait besoin de considérer toutes les possibilités qui s'offraient à elle. De plus, elle tenait absolument à avoir des nouvelles de son projet pour Media Blast avant de prendre sa décision finale. Elle avait beau être tentée d'accepter, elle devait analyser la situation à tête reposée.

Peggy avait raison : Billy était un facteur important, de même que la proximité de sa famille. Et pourtant, elle avait envie de connaître le succès, de voir son travail sur les sites des clients de renom. C'était son rêve depuis toujours et elle n'était pas certaine de pouvoir y renoncer.

Toutefois, elle ne pourrait faire patienter Peggy trop longtemps car celle-ci avait besoin d'une colocataire. Malgré tout, elle ne pourrait lui répondre de façon définitive dans la semaine, et sans doute pas la semaine suivante non plus.

Lindy brûlait d'impatience de passer une journée entière avec Billy et Peter. Billy était toujours présent dans son esprit, désormais, comme s'ils étaient faits l'un pour l'autre. Son instinct lui intimait que sa place était au côté de Billy.

— Bonjour ! lança-t-elle quand il prit son appel.

Il était à peine huit heures et elle ignorait s'il était levé. Il n'avait quitté la maison de ses parents que bien après minuit et elle redoutait de le réveiller alors qu'il avait grand besoin de repos.

— Bonjour… grommela-t-il en étouffant un bâillement.

Comme elle le craignait, elle venait de le réveiller.

— Je me disais qu'on pourrait démarrer de bon matin.

— Bonne idée. Il risque d'y avoir du monde sur les collines du parc, en cette période, avec cette poudreuse.

Adolescente, Lindy et ses copines passaient leurs vacances de Noël dans la neige. Elle aimait notamment skier à Mission Ridge. Le moment était venu pour elle d'initier Peter aux joies de l'hiver dans la région, même si Chad ne manquait pas d'emmener son fils faire de la luge.

Ils décidèrent que Billy passerait la prendre en voiture, puis ils iraient chercher Peter. Lindy contacta Ashley qui lui promit que l'enfant serait prêt.

Une demi-heure plus tard, Billy se présenta chez Lindy. Il l'embrassa avec fougue avant de saluer Ellen.

— Ma sœur Dede nous retrouvera sur place avec ses deux petits diables, déclara-t-il.

— Excellente idée !

Elle regretta de ne pas y avoir pensé elle-même. Elle n'avait croisé Dede qu'une seule fois, au Pressoir, et elle avait envie de faire plus ample connaissance avec elle.

Ellen les accompagna à la porte et leur remit une Thermos de café.

— Amusez-vous bien et ne prenez pas froid, surtout ! leur recommanda-t-elle.

Peter était particulièrement excité à l'idée de faire de la luge. Il ne cessa de courir autour de sa tante pendant que Billy installait le rehausseur dans sa voiture. Ashley confia à la jeune femme des vêtements de rechange pour l'enfant en lui indiquant que son fils aurait sans doute besoin de se reposer aux alentours de midi.

— Amusez-vous bien, conclut-elle sur le pas de sa porte.

Peter courut vers la voiture à toutes jambes.

— Alors ? Tu es prêt à t'amuser dans la neige ? s'enquit Lindy en bouclant sa ceinture de sécurité.

— Je veux dévaler la colline sur ma luge, comme les grands !

— C'est d'accord ! déclara Billy.

L'enfant prit un air innocent.

— Billy… est-ce que tu deviendras mon oncle ?

L'intéressé se tourna vers Lindy et lui sourit.

— Je crois que c'est à ta tante qu'il faut poser cette question.

— Alors, Tata Lindy ?

— Qui t'a parlé de cela ?

Chad et Ashley, sans doute.

— C'est Papa. Il trouve que tu regardes Lindy comme il regarde Maman.

— C'est vrai. Ta tante Lindy est très belle. J'ai du mal à ne pas la regarder.

— Tu serais un bon oncle, je trouve.

— Merci.

— Où devons-nous rejoindre Dede ? s'enquit Lindy, éprouvant le besoin de détourner cette conversation délicate.

— Je lui enverrai un texto en arrivant au parc.

Billy posa une main sur le genou de Lindy pour lui faire savoir qu'il n'était pas dupe de son manège.

Ils avaient été bien inspirés de se mettre en route de bonne heure car le parking était déjà très fréquenté. Ils ne tardèrent pas à rejoindre Dede et ses enfants. Davey avait huit ans et Lily, six. Lindy n'avait qu'un vague souvenir de Dede enfant.

— Je suis contente que nous puissions nous réunir, déclara cette dernière.

— Moi aussi, répondit Lindy.

D'abord intimidé par Davey et Lily, Peter ne tarda pas à s'enhardir. Assis sur une grande luge avec Billy et ses neveux, il poussa un cri de joie en dévalant la pente enneigée. Inlassablement, ils remontèrent vers le sommet et recommencèrent.

— À mon tour ! lança Lindy en aidant Billy à tirer la luge vers le haut de la pente.

En se serrant un peu, ils réussirent à monter à cinq sur la luge, Billy étant le dernier. Tandis qu'ils glissaient vers le pied de la colline, Lindy sentit soudain Billy relâcher sa taille puis basculer en arrière et s'écrouler dans la neige.

La jeune femme s'esclaffa en le voyant les quatre fers en l'air. Les enfants et Dede partagèrent son hilarité. Leurs rires insouciants étaient aussi légers que les flocons qui voletaient autour d'eux.

— Très drôle… grommela Billy, presque enseveli. Vous devriez me remercier. Si je n'avais pas lâché prise, je vous aurais tous entraînés dans ma chute.

— Tu as notre reconnaissance éternelle ! railla Lindy. N'est-ce pas, les enfants ?

Elle le trouvait héroïque de s'être sacrifié pour les autres.

— En tout cas, on sait maintenant qu'un seul adulte ne peut s'asseoir sur la luge avec les enfants, déclara-t-il en ôtant la neige de ses vêtements.

Lindy laissa volontiers Billy gérer les descentes suivantes car elle pouvait ainsi bavarder un peu avec Dede. Elle sortit la Thermos de la voiture et leur servit du café. Les deux femmes prirent place de façon à avoir une vue dégagée sur la colline et les allées et venues de Billy et les enfants. Non seulement il tirait la luge à la force des bras, mais il portait Lily et Peter sur son dos. Cette journée le laisserait fourbu, à n'en pas douter. Cela ne l'empêchait pas de rire de bon cœur.

— Billy est très gentil avec Peter, commenta Lindy.

— Mon frère a l'habitude des facéties de mes deux petits monstres, expliqua Dede, tenant son gobelet à deux mains pour les réchauffer. Tu sais, il est très amoureux de toi… ajouta-t-elle en baissant d'un ton, presque hésitante.

— Nous avons passé une semaine merveilleuse, répondit Lindy.

Où diable Dede voulait-elle en venir ?

— C'est ce qu'il m'a dit. Je ne l'avais jamais vu aussi heureux.

Ces paroles firent le plus grand bien à Lindy. Elle-même n'avait pas ressenti un tel bien-être depuis longtemps.

— Je sais que tu n'es là qu'en vacances, poursuivit Dede, et que tu retourneras à Seattle après le Jour de l'An.

— C'est ce qui est prévu, en effet.

— Et ensuite ? demanda Dede en levant les yeux vers elle.

— Comment cela ?

— Et Billy ? Tu continueras à le voir ?

Lindy opta pour la franchise.

— Je ne sais pas. On discute beaucoup. Nos emplois du temps sont difficilement compatibles. Nous serions contraints de communiquer par ordinateur interposé.

Dede hocha la tête. Sans doute avait-elle déjà entendu ces propos dans la bouche de son frère.

— Tu sais, mon mari et moi avons hypothéqué notre maison pour que Billy puisse concrétiser son projet de restaurant.

— C'est très généreux de votre part, commenta Lindy, qui ignorait ce détail.

Dede croisa les jambes, visiblement nerveuse.

— Il avait besoin d'un but après…

Elle s'interrompit.

— Après quoi ? insista Lindy, certaine que Dede venait de commettre une bourde.

Billy lui avait confié qu'il avait déjà été déçu par des personnes de confiance, sans lui en révéler davantage.

— Que lui est-il arrivé ?

Dede ne masqua pas son étonnement.

— Si Billy ne t'a rien dit, ce n'est pas à moi de le faire. Tu n'auras qu'à lui poser la question.

En dépit de sa curiosité, Lindy ne souhaitait pas se montrer indiscrète. Une histoire de femme, sans doute.

Elle lui avait raconté sa propre rupture et se sentait bien mieux. S'il refusait de lui expliquer qui lui avait brisé le cœur, elle serait déçue.

— J'ai eu mon lot de peines de cœur et de trahisons, déclara-t-elle.

— Ce n'est pas ce que tu crois, précisa Dede. J'ai eu tort d'y faire allusion. Autant être honnête, ajouta-t-elle en évitant son regard. J'ai deux soucis, en ce qui concerne votre relation. J'espère que tu ne m'en voudras pas de te dire ce que je pense.

— Non, au contraire.

— Merci. D'abord, je t'en supplie, ne fais pas souffrir mon frère. Il a subi trop de désillusions, à commencer par l'abandon de notre père. C'est lui qui a le plus souffert de son départ. Comme de nombreux enfants, il se sentait responsable de cette rupture. Il se disait que s'il avait été plus sage, notre père serait resté.

Lindy hocha la tête. Elle ne comprenait que trop bien la souffrance de ne pas être désiré. Dès que Phil était entré dans la vie de sa mère, leur vie avait changé. Elle avait enfin un père qui l'acceptait et qui l'aimait sincèrement. Billy, lui, n'avait jamais connu ce sentiment de sécurité.

— Quel est ton autre souci ?

— Eh bien... je suis un peu gênée de t'en parler... J'ai l'impression d'être un peu égoïste.

— J'apprécie ton honnêteté, assura Lindy pour l'inciter à parler.

— J'ai peur que Billy ne soit amoureux de toi au point de négliger le restaurant. Mon mari et moi avons investi tout ce que nous possédions dans cette entreprise et nous ne voulons pas perdre notre argent.

— Cela n'arrivera pas.

— Je m'en veux de te parler ainsi. J'espère que tu me pardonneras. Je connais mon frère et il ne fait pas dans la demi-mesure. Je ne l'ai jamais vu aussi épris. Il supportera mal ton départ.

Lindy ne sut que répondre.

— Si tu retournes à Seattle alors qu'il est coincé à Wenatchee, il ne se contentera pas d'une relation par téléphone ou Internet. Il voudra être avec toi physiquement. Je le comprends, d'ailleurs. Quand j'ai rencontré mon mari, il était dans l'armée et nous avons connu de longues périodes de séparation. J'étais triste chaque fois que David partait en mission. Les coups de fil et les courriels ne me suffisaient pas.

Elle leva les yeux vers Lindy comme si elle s'attendait à un commentaire.

— J'ai beaucoup réfléchi à l'avenir, répondit cette dernière sans entrer dans les détails.

— J'espère que tu comprends mes craintes.

— Bien sûr.

Elle aurait aimé rassurer Dede, lui jurer qu'elle n'avait aucune intention de faire souffrir Billy. Elle ne voulait pas non plus qu'il mette en péril l'investissement de sa sœur dans son restaurant. Au moment où elle allait reprendre la parole, les enfants de Dede accoururent vers elles, Davey tenant sa cadette par la main.

Cette interruption tombait à point nommé.

— On a faim ! déclara Davey, essoufflé.

— Et froid, renchérit Lily.

— Tonton Billy est fatigué, ajouta Davey.

Billy les rejoignit, tirant Peter sur la luge car il était trop petit pour patauger dans la neige très longtemps.

Dede prit les choses en main.

— Rentrons nous réchauffer et nous remplir l'estomac.

— Je peux avoir un chocolat chaud ? s'enquit Lily.

— Cela devrait pouvoir s'arranger, répondit sa mère.

Les deux femmes s'occupèrent des enfants pour accorder un peu de répit à Billy. Le petit groupe gagna un restaurant familial, face au parc, et s'installa autour d'une table circulaire. Les enfants purent déguster un chocolat chaud agrémenté de petites guimauves fondantes.

Lindy remarqua que Peter commençait déjà à donner des signes de fatigue alors qu'il n'était que dix heures trente. Jamais il n'avouerait avoir sommeil en présence des deux grands.

À peine leur chocolat avalé, Davey et Lily n'avaient qu'une envie : retourner jouer dans la neige. Pendant une heure, ils enchaînèrent les glissades, puis vint le moment de rentrer à la maison. Avant de partir, Lindy embrassa Dede.

— J'ai apprécié notre conversation, dit-elle, sachant que la sœur de Billy avait été un peu gênée par ses confidences.

— Merci de m'avoir écoutée.

Comme Ashley l'avait prévu, Peter s'endormit dès qu'il fut en voiture. Lindy brûlait d'envie d'interroger Billy sur les propos de sa sœur. Comment aborder ce sujet manifestement délicat sans l'offusquer ?

— J'ai l'impression que vous vous êtes bien amusés, commenta Ashley en voyant Billy porter Peter à l'intérieur.

Il déposa l'enfant endormi sur son lit. De retour au volant, il se tourna vers Lindy.

— Je t'ai vue en grande conversation avec ma sœur. Qu'est-ce qu'elle t'a raconté ?

— Pas mal de choses.

C'était surtout ce que Dede n'avait pas dit qui tourmentait la jeune femme.

— À mon avis, elle a évoqué ce qui était arrivé à Yakima. C'est douloureux d'en parler, de me remémorer combien j'ai été stupide.

Lindy attendit la suite. Elle ne voulait pas lui mettre la pression, surtout s'il rechignait à aborder ce sujet.

— Tu te souviens de Dan Berghoff, bien sûr, mon mentor ?

Elle hocha la tête. Lors de leur dîner à Leavenworth, elle avait aussi remarqué son soulagement de ne pas avoir à répondre à certaines questions.

— J'avais investi la totalité de mon patrimoine dans un autre restaurant, à Yakima, avec un associé, un ancien camarade de classe. Je travaillais comme un fou et Kent me laissait volontiers les responsabilités. Alors que je me faisais opérer de l'appendicite, Kent a vidé notre compte en banque et a filé. Je n'ai jamais réussi à récupérer mes fonds. C'est ainsi que j'ai décidé, avec le soutien de Dan, d'ouvrir le Pressoir.

— Billy, je suis désolé pour toi…

— J'ai retenu la leçon et tourné la page.

Elle serra sa main pour lui exprimer qu'elle comprenait ce sentiment de trahison de la part d'un ami, même si sa mésaventure avec Celeste était d'une autre nature.

— Je ne peux qu'imaginer ce que l'on ressent à perdre tout ce pour quoi on a travaillé avec acharnement.

— Je n'avais aucun recours. Une bataille juridique n'aurait été bénéfique que pour mes avocats. J'ai accordé ma confiance à quelqu'un qui n'en était pas digne et je l'ai payé très cher.

— C'est affreux.

— J'aurais dû t'en parler plus tôt, admit-il. Comme toi, j'ai appris à surmonter mon amertume et mon ressentiment. Pendant un moment, j'ai voulu renoncer à la restauration pour ne plus avoir à prendre de tels risques financiers. Dan m'a aidé à avancer, il a apaisé ma colère. Puis Dede et David m'ont annoncé qu'ils étaient prêts à investir dans un nouveau projet. Leur confiance m'a beaucoup aidé. Grâce à leur apport, j'ai pu monter le Pressoir. Heureusement, je jouissais d'une certaine réputation parmi les producteurs de vin de la région. Ils m'ont accordé des facilités.

Lindy se pencha vers lui et posa la tête sur son épaule. Il avait tant souffert ! Et tous deux étaient sortis grandis de leurs épreuves. Ce qui ne les avait pas tués les avait rendus plus forts. Il ne servait à rien de regarder en arrière.

Ils n'échangèrent pas un mot de plus jusqu'à ce que Billy s'engage dans l'allée de la maison des Carmichael.

— Tu veux entrer ? lui proposa Lindy.

— Je dois faire un saut au restaurant. Je peux te voir demain ?

— Bien sûr.

— Je t'appelle.

La jeune femme rêvait de prendre une douche bien chaude et de se délasser. Billy, lui, débordait d'énergie. Il n'arrêtait jamais.

Elle passa une soirée tranquille avec ses parents, puis dormit à poings fermés. Au petit matin, un texto de Billy l'invita à déjeuner avec lui.

En milieu de matinée, en entendant son téléphone sonner, elle crut que c'était encore lui car elle ne lui avait pas encore répondu. Elle souhaitait en parler à sa mère au préalable.

Or ce n'était pas Billy.

— Lindy ! fit la voix enthousiaste de son patron. J'avais hâte de te parler. Le groupe Ferguson nous a contactés ce matin. Ils ont validé ton projet !

Le cœur de la jeune femme s'emballa.

— Vraiment ? s'exclama-t-elle, la gorge nouée par l'émotion.

— Ils l'ont adoré et sont impatients de démarrer. Je sais que tu es en congé et que je t'avais promis deux semaines, et je m'en veux de te demander ça, mais serait-il possible que tu écourtes tes vacances pour lancer les opérations ?

17

QUE DIRE ? Si elle était folle de joie, elle n'avait aucune envie de regagner Seattle plus tôt que prévu.

— Je te le répète, tu étais en droit de prendre deux semaines, mais nous sommes disposés à te dédommager pour ces journées de vacances perdues.

— Ce n'est pas une question d'argent, répondit-elle.

Elle avait de moins en moins envie de partir. Et pourtant, ce projet représentait ce dont elle avait toujours rêvé, sans parler de ses semaines de travail acharné pour en arriver là. Elle obtenait enfin une reconnaissance de son talent !

— Qu'est-ce qui t'inciterait à revenir ?

— Très bien, je serai là demain dans la journée, annonça-t-elle.

— Merci, Lindy ! Tu ne le regretteras pas.

Elle en doutait sincèrement.

Son patron mit rapidement fin à la conversation, de peur qu'elle ne change d'avis. Abasourdie, la jeune femme erra dans la maison à la recherche de sa mère.

Dans la cuisine, Ellen s'interrompit pour la dévisager.

— Quelque chose ne va pas, chérie ?

— Le groupe Ferguson a accepté mon projet. Ils veulent démarrer sans tarder et mon patron me demande de regagner Seattle.

Ellen afficha un large sourire.

— Félicitations ! C'est une merveilleuse nouvelle… non ? À part le fait que tu vas devoir écourter tes vacances.

— Je suis très contente, vraiment. En revanche, je n'ai pas envie de partir.

— Je sais. Tu vas nous manquer, à Papa et moi.

— Je devrais sans doute préparer mes bagages, déclara-t-elle en s'éloignant.

— Tu dois te mettre en route tout de suite ?

Sa mère semblait moins enthousiaste, soudain, comme si elle prenait enfin conscience des conséquences de cette nouvelle.

— On m'attend au bureau demain.

— Oh, c'est rapide ! Mais je suis ravie de ton succès.

Il allait sans dire que de longs mois de travail attendaient la jeune femme. Ses journées seraient bien chargées et elle n'aurait guère de week-ends.

— Et Billy ? reprit Ellen tandis qu'elle sortait sa valise de sous son lit.

— Billy, répéta-t-elle avec regret. Il va falloir que je le prévienne, et Peggy aussi.

Lindy boucla sa valise et la déposa dans le coffre de la voiture, puis elle alla embrasser sa mère.

— Tu diras au revoir de ma part à Papa, Chad, Ashley et Peter. Dis-leur que je suis désolée de devoir filer.

— Ils comprendront.

— Lindy…

Ellen posa les mains sur les épaules de la jeune femme, la mine grave.

— Tu es certaine que c'est ce que tu veux ?

— Oui, je le crois, répondit-elle après une légère hésitation. Ce projet est très important pour moi. C'est le succès que j'attendais depuis longtemps.

Sa mère hocha la tête et baissa les bras. Elle l'embrassa une dernière fois avant que Lindy ne sorte de la maison, la question de sa mère résonnant dans sa tête. Oui, ce projet était exactement ce qu'elle voulait.

En route pour le Pressoir, elle appela Peggy. Son amie la félicita.

— Je suppose que ma proposition n'est plus d'actualité ? demanda-t-elle comme si Lindy risquait de changer d'avis.

— Pour l'heure, non. Cela ne signifie pas que je n'y repenserai pas plus tard.

Si Lindy n'avait pas renoncé à cette idée, le moment ne s'y prêtait pas. Désormais, elle était trop engagée chez Media Blast.

— Tu vas me manquer, tu sais. Je regrette vraiment que tu partes.

— Je sais. Moi aussi. On reste en contact, promit Lindy.

Pourvu qu'elles ne se perdent pas de vue… Comme tant d'autres choses, une amitié s'entretenait avec soin et exigeait du temps. Quand elle serait accaparée par son projet, pourrait-elle se consacrer à sa vie privée ?

— Je compte sur toi, répondit Peggy.

Elle avait eu du mal à annoncer la nouvelle à son amie, mais ce serait encore plus difficile face à Billy. Comment allait-elle vivre sans lui ? sans sa famille ? C'était dur de quitter Peggy et Billy.

Sur le parking du Pressoir, elle resta un moment pétrifiée à côté de sa voiture. Ce succès professionnel aurait dû la rendre heureuse, ce qui était le cas, d'une certaine façon. En réalité, elle oscillait entre bonheur et appréhension.

Comme s'il avait guetté son arrivée, Billy émergea du restaurant et vint à sa rencontre.

Lindy ne put repousser l'échéance.

— Je retourne à Seattle.

— Aujourd'hui ? Tout de suite ?

Au bord des larmes, elle hocha la tête. C'était absurde. Elle aurait dû danser de joie.

— Pourquoi ? demanda Billy, soudain abattu. Je croyais qu'il te restait une semaine de congé...

— Je sais...

Elle lui fit part de l'appel qu'elle avait reçu dans la matinée.

— C'est l'occasion que j'attendais depuis le début de ma carrière, plaida-t-elle comme si elle cherchait à s'en convaincre elle-même. Je n'ai pas le droit de refuser, Billy ! Media Blast a beaucoup misé sur moi. Je ne peux pas les laisser tomber maintenant. Je regrette.

— Je comprends, répondit-il en hochant la tête. Pars, ajouta-t-il d'un ton indifférent.

— Cela ne signifie en rien que je ne reviendrai pas, s'empressa-t-elle d'ajouter.

— Lindy, ce n'est pas grave. Pars. Tu l'as dit toi-même, c'est l'opportunité dont tu as toujours rêvé. Certes, je suis déçu et triste que tu t'en ailles, mais je ne te reproche pas tes rêves.

Elle ne s'attendait pas à une telle réaction. Au plus profond d'elle-même, elle espérait qu'il l'implorerait de rester, qu'il ferait son possible pour qu'elle revienne à Wenatchee afin de donner une chance à leur amour.

La gorge nouée, elle tourna les talons afin qu'il ne la prenne pas dans ses bras pour la serrer contre lui. Il savait aussi bien qu'elle que c'était fini.

— On aura passé de bons moments...

Ces paroles cinglantes la frappèrent de plein fouet. Était-il vraiment en train de lui dire que tout était terminé entre eux ? Que ce qu'ils avaient partagé faisait partie du passé ? Billy ne voulait pas rompre définitivement avec elle ! Compte tenu des sentiments sincères qu'ils avaient développés l'un pour l'autre, ils devaient chercher un moyen de rester en contact. Quand on veut, on peut...

Elle franchit le col montagneux sans difficulté et atteignit Seattle en un temps record. De retour chez elle, elle trouva un appartement froid et vide. Debout au milieu de son salon, elle observa la vie qu'elle s'était façonnée à Seattle. Le contraste entre la grande ville et Wenatchee et ses proches était saisissant.

La voix de Peggy lui revint en mémoire. Elle était tellement déçue... et le regard de Billy, en apprenant son départ, la hantait. Avant de partir, elle avait pris la lettre qu'elle avait écrite au Père Noël. Elle la relut. Elle avait obtenu tout ce qu'elle avait commandé : une meilleure amie, un amoureux et la validation de son projet.

Ses vœux étaient exaucés. Hélas, elle n'était pas heureuse car elle devrait renoncer aux deux premiers pour obtenir le troisième.

Le lendemain matin, elle arriva chez Media Blast de bonne heure. Après avoir accepté les félicitations de ses collègues, elle eut un entretien avec les représentants du groupe Ferguson et quelques membres de son équipe. Ils passèrent en revue les grandes lignes du projet dans une atmosphère pleine d'enthousiasme et d'exaltation.

Au terme de cette longue séance de travail, Lindy aurait dû se trouver sur un petit nuage. Ses compétences étaient enfin reconnues ! Hélas, elle n'était pas totalement concentrée sur son projet. Son esprit était à Wenatchee, où elle avait laissé tant de choses.

Être la colocataire de Peggy devait être une expérience merveilleuse et pleine de fantaisie. Elle n'avait jamais eu de meilleure amie qu'elle.

Et il y avait Billy…

Son cœur se serra. Avant d'aller se coucher, elle lui avait envoyé un texto resté sans réponse. Elle devinait pourquoi. Une relation à distance n'était pas envisageable et ils en étaient conscients. En acceptant quelques sacrifices, ils s'en sortiraient peut-être. Elle soupçonnait Billy de couper les ponts pour éviter de souffrir davantage. Comment lui en vouloir ? Il ne pouvait mettre en péril l'investissement de Dede et son mari pour elle, en dépit de son désir de sauver leur couple.

Persuadée qu'elle se sentirait plus enthousiaste une fois qu'elle se serait réaccoutumée à la vie de bureau, elle décida d'ignorer les voix qui résonnaient dans sa tête et qui lui intimaient de suivre les élans de son cœur.

Durant plusieurs jours, Lindy se jeta à corps perdu dans le travail et s'y consacra sans relâche. Ce n'était que le début. Elle connaîtrait de nombreuses soirées studieuses. En fin de journée, elle consultait ses messages dans l'espoir d'avoir des nouvelles de Billy. Son silence lui rongeait le cœur. Elle échangea quelques textos avec Peggy. Elle aurait aimé lui demander des nouvelles de Billy, savoir si elle lui manquait autant qu'il lui manquait. Elle s'en garda. De son côté, Peggy n'évoqua pas le sujet.

Le 31 décembre, Lindy quitta le bureau plus tard que de coutume et regagna son appartement sans projet particulier pour la soirée. Elle n'avait nulle part où aller et surtout personne avec qui festoyer. Si elle était restée à Wenatchee, elle aurait été en compagnie de Billy et, à minuit, il l'aurait prise dans ses bras pour l'embrasser avec fougue et lui souhaiter une bonne année. Au lieu de cela, elle resterait seule et triste, à se languir de la compagnie de Billy et Peggy. Celle-ci l'avait informée qu'elle réveillonnait au Pressoir avec Jayne, Chloé et quelques autres.

En pénétrant dans son appartement aseptisé, elle y vit soudain plus clair. Durant cette semaine, elle avait chassé Billy de ses pensées et de son cœur, mais ce dernier refusait de lui obéir car il savait ce dont elle avait besoin plus que tout. C'était évident. En revoyant ce logement sombre et glacial, elle sut ce qu'elle avait à faire.

Sur une impulsion un peu folle, elle remplit un sac de voyage et prit le volant. Si les chaînes étaient requises pour franchir le col de Stevens à cause de la neige, celui de Snoqualmie était encore ouvert à la circulation. Peu importait à la jeune femme le temps qu'elle mettrait : elle était en route pour Wenatchee !

Elle téléphona chez ses parents.

— Maman, je rentre à la maison ! s'exclama-t-elle dès qu'Ellen décrocha.

— Pour combien de temps ?

— Je n'en sais rien encore. Il se pourrait que ce soit pour toujours.

Elle eut soudain le cœur plus léger. C'était ce qu'elle voulait le plus au monde et elle savait qu'elle avait pris la bonne décision. Elle eut envie de rire à gorge déployée. Elle respira à pleins poumons, ivre de liberté. Ce fut comme si elle avait porté des menottes pendant une semaine. Lindy savait désormais ce qui comptait vraiment. Ce n'était pas de prouver sa valeur aux employés de Media Blast ni d'accepter les compliments du groupe Ferguson. Ce qui comptait, c'était d'être entourée de ceux qu'elle aimait.

Sur la route, elle eut l'impression que tous les habitants de la ville avaient eu la même idée. Elle se retrouva coincée dans un embouteillage monstre. Sa seule consolation était sa certitude de commencer la nouvelle année avec Billy… à condition d'arriver au restaurant avant minuit.

Le blizzard faisait rage et une avalanche menaçait, si bien que la circulation était coupée. Une heure plus tard, elle n'avait pas avancé d'un mètre. Pour passer le temps, elle appela Peggy.

— Tu as trouvé ta colocataire ? lui demanda-t-elle.

— Non. Pourquoi ? Tu as changé d'avis ?

— Oui. Il me faudra peut-être un mois pour tout régler, si tu es d'accord pour patienter aussi longtemps.

Peggy avait vu juste. Lindy n'aurait aucun mal à sous-louer son appartement. Quant à Media Blast, l'équipe pourrait continuer sans elle sa mise en œuvre. Lancer sa propre entreprise serait risqué, mais elle était disposée à se jeter à l'eau car les avantages surpassaient de loin les inconvénients.

— Billy est au courant ? s'enquit Peggy.

— Pas encore. Je suis en route pour le Pressoir. Pour l'instant, la circulation est bloquée.

— Je serai là-bas.

— Je sais.

— Tu n'as pas parlé de ma proposition à Billy, n'est-ce pas ?

— Non.

— Je m'en doutais.

— Pourquoi ?

— Depuis ton départ, il n'est plus lui-même, le pauvre. On est tous les deux déprimés. En noyant notre chagrin dans l'alcool, nous avons discuté. J'ai fini par lui confier mon idée de colocation, lui parler des clients que je pouvais te trouver si tu revenais. Il était encore plus abattu. Je regrette d'avoir été bavarde.

— Je lui expliquerai tout en le voyant.

Elle ferait plus que cela afin qu'il sache à quel point elle avait envie d'être avec lui, parce qu'elle était amoureuse de lui.

— C'est ça, soupira Peggy. Bon, je pars pour la fête au Pressoir.

— Ne dis pas à Billy que j'arrive.

— C'est promis, je tiens à voir son expression à ton entrée !

— Pourvu que j'arrive à temps. Il y a une vigilance avalanche qui risque de nous retenir ici pendant des heures.

— Je t'attends.

Au bout d'une éternité, la circulation fut enfin rétablie. Lindy fit un rapide calcul. Elle pouvait atteindre le Pressoir pour vingt-trois heures trente. Elle avait toujours apprécié le réveillon du Nouvel An, mais cette année était particulière et elle savait déjà que ce serait le plus beau réveillon de sa vie.

Elle entra dans Wenatchee avec une demi-heure d'avance sur l'heure prévue. Sa mère avait promis de laisser le porche éclairé lorsqu'ils iraient se coucher.

Comme elle s'y attendait, le restaurant était bondé. Elle aperçut Peggy mais pas Billy.

Son amie se précipita pour l'embrasser.

— Je suis contente que tu sois de retour !

— Moi aussi.

La perspective de devoir regagner Seattle le lendemain la déprimait un peu. Cependant, cette expédition improvisée valait la peine pour revoir Billy.

— Où est-il ? s'enquit-elle en scrutant la foule.

— Cela fait un moment que je ne l'ai pas vu, répondit Peggy.

— Dans son bureau, peut-être…

Elle se dirigea vers l'extrémité de la salle. Lorsqu'elle entra dans la cuisine, nul ne sourcilla. Un cuisinier lui fit signe que son patron se trouvait là où elle le pensait.

Ivre d'impatience, elle frappa à la porte.

— Qui est là ? fit Billy d'un ton bourru.

18

LINDY OUVRIT LA PORTE. Billy leva les yeux de son écran et dévisagea la jeune femme comme s'il était témoin d'une apparition. Il baissa brièvement les paupières, puis se leva pour contourner l'imposant bureau. Visiblement, il ne savait pas quoi dire.

—Je ne m'attendais pas à te voir, lâcha-t-il finalement.

—Je sais. Je me suis décidée sur une impulsion.

Il gardait ses distances et elle devinait pourquoi. Il n'osait espérer qu'elle soit de retour pour de bon, cette fois.

— Je suis heureux de te voir, Lindy, dit-il en s'appuyant sur le bord de son bureau. Je suppose que tu repars demain…

— Oui, hélas. Media Blast me demandera au moins deux semaines de préavis.

Billy releva vivement la tête.

— Tu donnes ta démission ?

—J'aurai aussi besoin de temps pour sous-louer mon appartement, donc je serai peut-être absente plus de deux semaines.

Billy croisa son regard et parut avoir du mal à assimiler ses paroles.

— Donc tu démissionnes ?

Elle hocha la tête.

— Je croyais que la validation de ton projet était le rêve de ta vie.

— Je le croyais aussi.

— Alors pourquoi tournes-tu le dos à tes ambitions, tes objectifs ?

— Tu ne comprends donc pas ?

Billy gardait toujours ses distances.

— J'ai réalisé que tout ce que je voulais, tout ce qui est important à mes yeux se trouve ici.

Pourquoi hésitait-il ? Elle s'attendait à ce qu'il la prenne dans ses bras dès son entrée.

— Puis-je espérer avoir de l'importance à tes yeux, Lindy ?

Soudain, elle se sentit oppressée.

— Billy, tu devrais savoir que c'est grâce à toi que j'ai ressenti ce besoin de revenir à mes racines, ma famille, ma meilleure amie. Il fallait aussi que je revienne vers le petit garçon dont j'ai volé le cœur quand il avait neuf ans.

Enfin, il s'approcha d'elle et prit sa main pour la poser sur son torse.

— Ton nom y est gravé à jamais et il ne s'effacera pas.

— Je ne partirai plus, promit-elle.

Il l'embrassa avec la fougue de la première fois, lors de leur promenade en traîneau.

Un instant plus tard, la jeune femme regagna le bar les joues roses de bonheur et d'amour. Peggy et ses amies l'attendaient. Soudain, le compte à rebours commença. Dix, neuf, huit, sept, six, cinq, quatre, trois, deux, un… zéro !

Lindy se retrouva happée par les bras de Billy qui s'empara de ses lèvres. Elle se prit alors à espérer passer le reste de sa vie à ses côtés.

Le Père Noël avait raison d'affirmer qu'il était en mesure d'exaucer ses moindres vœux. Elle possédait désormais tout ce dont elle avait rêvé.

ÉPILOGUE

DÈS QU'ELLE SE POSTA DANS LA FILE D'ATTENTE, avec les autres mamans et bambins, Lindy reconnut l'homme ventripotent en costume rouge. Jamais elle n'oublierait ce Père Noël particulier. Il n'avait pas pris une ride depuis leur dernière entrevue, plusieurs années plus tôt.

— Où est Papa ? s'enquit Adam, son fils de trois ans.

— Il arrive.

Billy les avait déposés devant le Children's Closet, la boutique de vêtements où Lindy avait joué les assistantes du Père Noël. Désormais, le magasin faisait partie de ses nombreux clients.

Billy se présenta cinq minutes plus tard, juste à temps pour voir son fils s'asseoir sur les genoux du personnage rubicond. Celui-ci sourit à Adam, le regard pétillant de malice, puis à Lindy.

— Tiens, tiens ! Qui vois-je là ?

— Voici Adam, répondit la jeune femme à la place de son enfant intimidé.

Le petit garçon ressemblait à son père à bien des égards. Il semblait fasciné par le Père Noël. Bouche bée, il fixait sa barbe blanche.

— Bonjour, Adam. Tu sais, je connais ta Maman et ton Papa. Ta Maman m'a écrit de nombreuses lettres.

Adam garda le silence.

— Qu'aimerais-tu recevoir cette année, mon bonhomme ?

— Un petit frère ! lança soudain l'enfant.

Billy croisa le regard de Lindy.

— Il va falloir nous mettre à l'œuvre, murmura-t-il.

— Je vais voir ce que je peux faire, répondit le Père Noël. Il faudra être sage.

Adam hocha la tête et quitta ses genoux pour retourner dans les bras de sa mère.

— Merci, dit la jeune femme.

— Je t'en prie, Lindy.

Sur ces mots, il lui adressa un clin d'œil.

La petite famille quitta la boutique pour aller boire un chocolat chaud dans le café d'en face. Ensuite, ils se rendraient chez les Carmichael pour le réveillon.

— Tu as entendu Adam commander un petit frère au Père Noël ? s'enquit Billy.

— Absolument.

L'enfant observa ses parents tour à tour.

— Je vais l'avoir bientôt ? demanda-t-il.

— Il sera là dans environ huit mois, répondit Lindy. Billy écarquilla les yeux.

— Tu as dit huit mois ?

— Tu as bien entendu, confirma-t-elle avec un large sourire.

Billy se mit à rire de joie et se pencha pour l'embrasser.

— Et toi, Papa ? Qu'est-ce que tu as commandé ?

— Moi, j'ai déjà obtenu tout ce que je souhaitais, dans la vie, affirma-t-il.

Lindy pouvait enfin en dire autant.

La communauté Charleston a aimé !

Chez Charleston, nous sommes convaincus que loin d'être une aventure solitaire, la lecture est une invitation au partage. Nous échangeons constamment avec nos lecteurs et lectrices, et nous sommes fiers de la belle communauté d'amoureux des livres que nous formons tous ensemble. Chaque année, nous choisissons au sein de cette communauté vingt lectrices et lecteurs qui nous accompagnent tout au long de l'année et découvrent nos romans en avant-première. Voici leurs avis !

« Qui a dit que Noël ne pouvait pas réserver de surprises aux grands enfants ? Un roman qui sent bon Noël, rempli d'amitié et d'amour, plein d'espoir et de joie et qui replongera incontestablement le lecteur dans ses souvenirs d'enfance. »

@lalectricegourmande

« La plume de l'autrice nous plonge directement daans cette ambiance de Noël qu'on aime tant. Tous les ingrédients sont là pour passer un bon moment. Il y a même une petite touche de magie ! Une histoire qui fait du bien, qui réchauffe les cœurs et qui apporte de la douceur dans nos vies. Un régal ! »

@emmalectures

« Une lecture qui permet de passer un moment en toute simplicité à l'approche des fêtes de Noël. »

@lisez_en_moi

« J'ai découvert la plume de l'autrice avec sa romance de Noël, La Surprise de Noël, que j'avais adorée. On retrouve ici le style de Debbie Macomber. Une histoire douce et réconfortante portée par une plume pétillante. »

@_polyme_books_

« Le roman parfait pour débuter les fêtes de fin d'année. »

@alice_au_pays_des_livres

« Ce roman regroupe tout ce qu'on attendre d'une romance de fin d'année : une jeune femme, des vœux plein la tête, un petit village enneigé, des habitants tous plus sympathiques les uns que les autres. La plume est fluide, dynamique, légère même. Ne vous privez surtout pas de lire ce roman. »

@_leslecturesdemanon_

DÉCOUVREZ LES AUTRES ROMANS DE NOËL DE L'AUTRICE

Times Square, le soir du Nouvel An.

Lorsque Lucie et Aren se rencontrent par hasard, c'est le coup de foudre. Mais très vite, le destin les sépare, les laissant sans aucun moyen de reprendre contact.

Un an plus tard, Lucie est à la tête d'un restaurant a succès retentissant et Aren travaille pour un grand journal new-yorkais. Malgré les mois qui ont passé, ni l'un ni l'autre n'ont pu oublier la soirée magique qu'ils ont partagée – et Shirley, Goodness, Mercy et Will, leurs anges gardiens, non plus. Pour aider le jeune couple à se retrouver, ces derniers vont concocter un projet fou : mélanger un grand amour, une seconde chance et une bonne pincée d'espièglerie…

Une histoire romantique et pleine d'espoir, digne des plus beaux miracles de Noël !

Noël, la neige, les illuminations, les chocolats chauds au coin du feu… une invitation à l'amour ? Pas pour Merry. En ce moment, c'est même le cadet de ses soucis. Entre une famille très (trop ?) présente, les préparations de cette fête qu'elle adore et un patron exigeant (autoritaire ?), elle n'a pas le temps de chercher l'âme sœur. Alors, quand sa mère et son frère lui créent un profil sur un site de rencontre, c'en est trop : elle entre dans une colère folle ! Mais bientôt, malgré elle, Merry se laisse prendre au jeu. Surtout quand elle fait la connaissance d'un charmant inconnu, un homme qui partage ses goûts et centres d'intérêt… Et si c'était lui, enfin, l'homme idéal ? Hélas, celui qui se présente au café où ils se sont donné rendez-vous est bien le dernier qu'elle aurait imaginé pour le rôle…

Coincée au fin fond de l'Alaska pour tout l'hiver, Josie Avery a l'impression de vivre son pire cauchemar… À l'heure qu'il est, elle devrait être en route pour le job de ses rêves à Seattle, mais il faut se rendre à l'évidence : le dernier ferry reliant l'île au continent est parti sans elle. La voilà bloquée sur ce petit bout de terre aux confins du monde jusqu'à la prochaine belle saison.

Bien qu'elle soit complètement tombée sous le charme de l'exubérante nature qui l'entoure – les cris des élans, la lumière irréelle des aurores boréales et la neige qui tombe à gros flocons –, sa vie n'est pas ici. Et ce ne sont pas les habitants hauts en couleur de la ville, ni même le séduisant Palmer Saxon, qui la feront changer d'avis…

ET DÉCOUVREZ LA SÉRIE RETOUR À CEDAR COVE

Après le décès tragique de son mari, Jo Marie décide de changer de vie et reprend une maison d'hôtes dans la petite ville de Cedar Cove : la Villa Rose.

Sa première cliente, Abby, a survécu à un accident de voiture, dans lequel sa meilleure amie a trouvé la mort. Elle n'a jamais eu le cœur à retourner dans la ville où elle est née, jusqu'à ce jour, dix ans après l'accident. Josh, le second client, doit prendre en charge son beau-père, un vieil homme à présent, avec qui il ne s'est jamais entendu.

Derrière les portes de la jolie maison d'hôtes, ces personnages inoubliables trouveront l'amour, le pardon et la possibilité d'un nouveau départ.

Installée depuis peu à Cedar Cove, Jo Marie commence à s'y sentir chez elle. Avec l'arrivée du printemps, sa maison d'hôtes - la Villa Rose - affiche complet. Kent et Julie ont décidé d'y célébrer leurs noces d'or - le seul problème, c'est que leur couple paraît au bord de l'explosion. Leur petite-fille, Annie, joue les arbitres.

Femme d'affaires, Mary Smith a connu les plus grands succès dans sa carrière. Désormais atteinte d'une grave maladie, elle ne peut plus échapper à un douloureux regret. Près de dix-neuf ans plus tôt, elle a rompu avec son seul véritable amour, et revient à Cedar Cove pour obtenir son pardon.

Et puis, il y a Mark, l'homme à tout faire, dont Jo Marie commence à apprécier la compagnie...

L'été est une saison haute pour la maison d'hôtes de Jo Marie Rose. Mark Taylor et elle ont passé beaucoup de temps ensemble pour aménager ce lieu paradisiaque. Et même si la jeune femme essaie de se persuader que Mark n'est qu'un ami, elle pense beaucoup à lui ces derniers jours. Mais pour le moment, il est temps d'accueillir de nouveaux visiteurs.

Ellie Reynolds a 23 ans, et arrive à Cedar Cove pour rencontrer Tom, un homme avec qui elle correspond depuis des mois sur Internet et dont elle pense être tombée amoureuse. Maggie et Roy Porter sont là pour leurs premières vacances, seuls sans les enfants. Ils espèrent retrouver la flamme de leur amour et regagner chacun la confiance de l'autre. Mais Maggie a un dernier secret à lui avouer, qui pourrait bien faire éclater son mariage…

Pour chacun d'eux, ce sera le moment de mettre son cœur à jour – et de prendre la plume –, révélant ainsi le courage qu'il faut pour être vulnérable, tolérant et ouvert à l'amour.

Depuis qu'elle a ouvert sa maison d'hôtes à Cedar Cove, Jo Marie a retrouvé goût à la vie, et peut-être même à l'amour. Car, elle en est sûre à présent, ce qu'elle ressent pour Mark Taylor est bien plus que de l'amitié. Aussi est-elle bouleversée quand ce dernier lui annonce brusquement qu'il quitte la ville...

Mais Jo Marie n'a pas le temps de se morfondre car deux nouvelles pensionnaires sont arrivées à la Villa Rose pour participer à une réunion d'anciens élèves. Dix ans que Katie et Coco ont quitté Cedar Cove, dix ans pour soigner leurs peines et réparer les erreurs du passé. Coco s'apprête à revoir celui qui lui a brisé le cœur ; Katie espère une seconde chance. Les gens changent, mais est-ce suffisant pour que ces femmes extraordinaires trouvent le bonheur ?

Alors que l'été approche, Jo Marie se retrouve seule à la Villa Rose. Peu après lui avoir déclaré son amour, Mark a dû une nouvelle fois quitter la ville pour une mystérieuse mission, et rien ne dit qu'il reviendra un jour.

Heureusement, il y a toujours de l'animation à la maison d'hôtes ! Jo Marie se réjouit de l'arrivée d'Emily, qui doit rester tout l'été. Cette jeune institutrice a l'intention de s'installer dans la région pour débuter une nouvelle vie.

De rencontres inattendues en retrouvailles poignantes, la magie de la Villa Rose opérera-t-elle encore une fois pour ces deux âmes en peine ?

Cet ouvrage a été imprimé en utilisant des papiers composés de fibres naturelles, renouvelables, recyclables et fabriquées à partir de bois issus de forêts qui adoptent un système d'aménagement durable. En outre, les fournisseurs de papier s'inscrivent dans une démarche de certification environnementale reconnue.

Achevé d'imprimer en septembre 2023
par CPI Bussière
À Saint-Amand-Montrond (18)
Dépôt légal : octobre 2023
N° d'impression : 2072564
Imprimé en France